花のベッドでひるねして

「あなたの考えには希望がある　暗闇なんかじゃあない…道がひとつしかなくても
それにかすかでも　考えがあるなら　それは　きっと　うまくいく道」

『ジョジョの奇妙な冒険』part6 ストーンオーシャンより

私は海辺でわかめにくるまっているところを母に拾われた捨て子の赤ちゃんだったそうだ。わかめが何層にも重なってベッドみたいになっているところに派手な色の毛布が置いてあり、その上に私はぽつんといたらしい。

そのせいなのか、覚えているはずはないのに、春先の海に立つとなぜか懐かしい感じがする。

とても優しい目をしたすてきなものや、命をおびやかすようなこわいものがくりかえし赤ちゃんの私をのぞきこんだ記憶もうっすらとあるように思える。

それから弾力性のある柔らかいものに包まれているみたいないい気持ちもよみがえ

ってくる（それはほんとうに記憶の底にあるわかめの感触なのかもしれない。そんな理由で私はわかめを食べるときにいつでも手を合わせて小さな声でお礼をささやくくせがある。あと、とてもとても淋しい夜は、乾燥したわかめをにぎって眠るくせも。わかめがふやけて潮の香りに包まれて目覚める頃には、気持ちはすっかり立ち直っている。わかめが苦しみを吸いとってくれたかのように）。

少し冷たい風がときに柔らかくときに激しく砂浜を吹き渡っていく頃、いろいろな木に新しい緑色のふにゃふにゃした葉がついて、固かった土にもいろいろな色の草が生えてくる頃、海辺に立ちふわっと飛んで消えていけそうな薄い青色の空を見上げると、不思議と自分がすごく広いところにいるようなわくわくした気持ちになる。

この世に来られてよかったなあ、とかなり小さなそして同時に果てしなく大きな気持ちになるのだ。

その気持ちは三割の悲しみと六割の高揚感、そして一割だけひやっとした感じが混じったもので、たとえていうなら蟻を見ているうちにいつのまにか宇宙のしくみを考えているようなときのあの独特の気持ちに似ていた。それなのに一歩足を動かしたら蟻を踏んでしまうのではないかとどこかで思っている、複雑な気持ち。

赤ちゃんの私はまだ人間の悲しみを知らなかったから、捨てられても悲しくなかったに違いない。

そんな生い立ちなので大平家の人たちは厳密には家族ではないのだ。

私にとって彼らは育ての家族にすぎないはずなんだけれど、ものごころついたときにはいつも彼らの笑顔が私を見下ろしていたし、心から私を受け入れかわいがって育ててくれたので、私はその人たちを家族の名前でしか呼ばない。

「おじいちゃん、パパ、ママ、章夫おじさん」

それが私がそこで育った大切な家族の呼び名だ。

祖母はその頃もう亡くなっていたので、会ったことはない。

人気者だった陽気な祖母が亡くなって淋しい雰囲気だった大平家は、私の登場で一気に明るくなったと近所の人を含めて会う人みなが私に言った。

だから私はいつだって淋しくさえなかった。みんなが争って私と手をつなぎたがったし、いっしょに出かけたがった。

もしかしてそんな私は家族の心の裏を深読みできないとんでもないおばかさんなのかもしれない。

そんなおめでたい私でもたまにぽかんと思うことはあった。

いつかだれかが赤ちゃんでなにもできない私のことをいらないと、死んでもいいと思ったんだ。人としてどんな可能性を秘めているのか、大人になってどんな優しい会話を交わすのか、そんなことを一切思わず、捨てたんだなあと。

赤ちゃんの私が泣こうが笑おうがその人の心を動かすことはなかったんだ。

そう思うといつも変な感じがした。これ以上気持ちを掘り進んだら変な地点にたどりついてしまうと確信できた。足下が危うくなり、目の前が暗くなる感覚だった。

しかしひとたび家の中を見ると自然に家族の一員として体が動きはじめた。私は悩みがちな思春期の頃には特に、意地になって家族につくしていたと思う。しかしそれはいつしか自然に人生の一部になり、今では強固な岩のような、信仰のようなものに高まっていた。

恩返しをすればするほど、実の親への憎しみは薄まっていった。

それがほんとうに傷が癒されるということなのだと私は思っていた。痛み、血を流し、実践し、だんだんかさぶたができて、それがまたはがれ、汚い姿を見せ、少しずつ治っていった頃にできた新しい皮膚は、ほんとうの皮膚になっていく、そんな感じで。

私は村から年に数回しか遠出しないし、パスポートも持っていない。高校を出てからはずっと実家がやっているB&Bの手伝いをしているし、それを幸せに思っていた。

名前を聞かれたらなにも考えていなくても「大平幹です」と口が勝手に動く。

その名前は私を産んだ人がつけたのではなく今の家族がつけてくれた名前なのだが、この地上でたったひとつ、まぎれもなく私を表すものなのだ。

私はいることをゆるされている、そう思うと、土に根っこが降りているみたいな安心感がわいてきた。

しかし一方、この世には私と同じようにされてそのまま死んでいった名乗らない魂がたくさんあることを深いところでわかっている。

だから、私はこの命があることでいつでもどこかで彼らを背負っているように思う。その子たちのためにも私の手足は働いている。無心に体を動かすことで、毎日いつのまにか彼らの供養をしているように思う。

痛かったり、寒かったり、おなかをすかせて死んでいった子どもたち。

他の子たちが家族と笑ったりけんかしたりすやすや眠ったりして安心して過ごして

いるあいだに、かえりみられることなく扱われて命を落とした子どもたち。

その子たちのために、ひたすらに祈りたい気持ちになる。

私は運良くここにまだいるけれど、君たちはたまたま気の毒だった。でも君たちがいることを私はこの体で半分だけ、でも一生をかけて知り続けてる、だから安心して天国で憩って、と言いたくなるのだ。


子どもに恵まれないまま初期のがんになって子宮を取った若き日の母はある夕方、食事のしたくをしているとき突然に「ああ、なんだか、もう止められない。実際行ってみないと気がすまない。なんだか、海で赤ちゃんが私を待ってる気がする。まだ風が冷たいのに外にいるの。走っていかなくちゃ、今、とにかく走っていきたいの。」

と言って家から走って出ていったそうだ。

そして母はひとり車に乗って海を目指した。

うちから海までは車で十五分、ふりかえりもせずに車を出して去っていった母にあきれて家族は「淑子もついにおかしくなったか」と顔を見合わせたが、涙を流し震えながら帰ってきた母の腕の中にはほんとうに私がいた。

そこにあった雰囲気は神聖なものだった、光り輝くような希望にあふれたものだったと、ものごころついてからずっと全員が口を揃えて聞かせてくれた。

隠しておこうというようなデリカシーは彼らにはまるでなく、私が来たことは嬉しいことだからあの日の話をいつだってどんどんしよう、という雰囲気だった。

その能天気さにどんなに救われたことか。

みながあまりにも無邪気に、普通の人が産院に初めて赤ちゃんを見にいったときの話をするのと全く同じ雰囲気で私が海辺に落っこちていた話をするからこそ、私も素直に「私はこの世に来てよかったんだ」と思えるようになったのだから。

家族は私を運命だと思って心から喜び、その場ですんなりと受け入れたのだと言った。養子縁組の手続きなどしばらくはたいへんだったが、私は申し分のない条件で大平家の子どもになった。あんないいことがあるなんて人生は捨てたものじゃない、とみんなが誇らしげに言った。

私をなぐさめようという心遣いをしているからではなく、私が来た日のことはあたりまえにすばらしい思い出として家族の中に残っていた。平気でみなが何回もそのことを口にした。

そのことがどんなに私を謙虚にしたかも、言葉にできない。

そのことを考えるたびに、胸の奥からきらきらした泉みたいなものがわいてきて、私の全身を洗う感じがした。

母はいつも言っていた。

「ほら、鬼太郎だっけ？ 彼だってそんなふうにおうちに来たっていうじゃない。幽霊のお母さんが育てられないからってお墓から抱っこしてきたんでしょ？ ほんと、幸せなことだよね。」

それじゃあ妖怪じゃないの、それにあんまり幸せに見えないじゃない、と私は思ったけれど、それを言った母の目が三日月みたいに細くなって心から幸せそうだったのが、嬉しかった。

それでも思春期の頃は、たとえば家の鍵を失《な》くしてたまたま家族がみんな留守で、雨が降ってきて、傘はなくて、お金も持っていない…そんなちょっとしたついていないことが重なったときなどに、雨空を見上げながら心に複雑な模様ができた。遺伝子としか呼びようがないものからわいてくる、自分ではコントロールできないものだった。

その模様は一瞬のうちにできるのでいつも驚く。

私の奥底のほうから真っ黒いものがぐぐとせりあがってくる。私は捨てられた人間だ、いらないものだったのだ。私がどんなにいっしょうけんめい泣いていても笑っていても、これっぽっちも人の心を動かすことができなかったのだ。私はその程度の人間だったんだ。きっと今もこれからもそうに違いない。

そんな気持ちが渦を巻いて頭の中で激しく暴れだすのを止められなかった頃があった。

座っているバス停のベンチが冷たく固く感じられ、雨雲はどこまでも遠くグレーに空を覆い、しめった靴下は靴の中で気持ち悪くたぐまり、永遠に光はささないように思えた。

しかしその黒い中にじっともぐっていると、突然に予想もつかない光が黒の中から生まれてくる。母が赤ん坊の私を見てまず笑顔になったようす、拾った子だからといって必要以上に優しくならずに過ごす天然の状態の家族たち。

もうすぐだれかが帰ってきて、鍵を失くしたあんたが悪いと言われて、ドアを開けてくれるだろう。

開くドアのイメージは黒い気持ちと同様に突然にわいてきて、強烈に心を温めた。

それは自分ではどうしようもないことへの祈りが生まれる瞬間なのだ。

私は今は冴えない気持ちでも、もうすぐ帰宅した母か父かおじさんか、あるいは祖父といっしょにすぐそこの商店街の合鍵やさんに合鍵を作りに行って、散歩しながら帰ってくるだろう。いつだって彼らは私と歩きたくてしかたないのだ。なんて幸せなんだろう、だれかが自分に触りたいと思ってくれることは。

それから夕ご飯の時間になるのだろう。鍋を食べるときはこのお皿を出し、調味料はどれとどれを並べ、と体にしみついたリズムでみんなが動く。

そういうことをぼんやり思うと、体が勝手に家族の軌道に添っていく。私の体はそこが私の家だと確かに言っていた。それは揺るぎないものだった。

気持ちは晴れないし光があってもそこにある黒い色は決して消えはしない。ただ、そうやって模様になることがあると知るのが大切だった。

そしてそういった発作のようなものは、成長していくにつれてしだいに消えていった。

そんな自分の人生を、もしついてない側の目から眺めてみたら「気の毒に」と言いたくなっただろう。

しかしそういうわけで幸いにも私は一回もそういうふうには思わずに育ってきた。むしろ「人生ってまるで夢のようだな」と思っていた。なんでもかんでもみんなひっくるめて、すばらしい夢のようだと。

夢でない唯一の証拠は汚い床を歩くと足の裏が黒くなったり、洗濯しないと服がくさくなったり、食べたり飲んだりしたら必ず出さなくちゃいけなかったりすることで、体があるからかろうじて「これは全部夢なんだ」と思わないでいられる。むしろそれを確認するためだけに体があると言ってもいいくらいの気分だった。

B&Bの仕事は忙しくないときでも常にやることがあり、肉体的にはかなりきつい。やろうと思ったことがいつも半分も終わらずに一日が終わっていく。父と母のためにいろいろな作業をマニュアル化してPCに入力していったのも私の長年の仕事で、きれいごとではない人生の重みや疲れがないといったらうそになってしまう。ぎっくり腰だったり、頭痛や生理痛だったり、いろいろなことが時に人生を重くする。

それでも私の確固とした人生観はゆらぐことはなかった。

そんな弱ったときはやることだけとにかくやって、あとは家族に頼んで、のんびり寝てしまえばいい。だれのせいにもしないで、ひたすら天に身をまかせて、疲れを地面に吸い取ってもらえばいい。

でもたいていの人たちは自分たちで作った網に追い込まれてそのことに気がつかない。だれもが自分で自分に魔法をかけて、自分だけの夢の中に自分を閉じ込めていくように私には見えた。

こんなに大きな夢の中にいるのに、わざわざ透明なカプセルの中に自ら入って目隠しをしてヘッドフォンをしてぶつぶつしゃべっているみたいに見えた。

でもそんなことさえも結局はすてきなことに思える。

たとえそんな調子でもみんな生きていて、時にはわずらいを忘れて子どものようにおひさまの光を浴びたり、風に吹かれたり、おいしいものを食べて微笑んだりしているからだ。

私はたいていのとき子どものままの心でいる。それが許される環境にいることをありがたく思う。

疲れてそう思えないようなときでも、翌朝起きて前の日のことを思い出すと、毎日うっとりしてしまった。

ああ、昨日は楽しかった、あのときもこのときもなんていい気持ちだったんだろう。あんないいことがあってよかったんだろうか。そういうふうに心から思う。子どもの頃からずっとそうだった。

家族はそんな態度の私のことを「海で拾った幸せの種ちゃん」とよく呼んでいた。

私が拾われたその大平家がある大丘村は海を見下ろす少し標高の高い一画にあり、大きな丘の形をした古墳の裏に広がっている。

古墳のそばにあるせいか、そのあたりはそもそも周辺に墓が多くあった場所らしく、あまり住みたがる人がいなかったので人口は少ない。いちばん近い大きな町は車で十分くらい下った海辺の町だ。郵便局と診療所と役場は私の村にもあるけれど、その他のほとんどの重要な施設はそこにある。スーパーとコンビニもその町まで行かないとない。

気候は高原のようでどちらかというと涼しく、朝はよく霧が出るし曇りがちのお天気が多い。

近所にはきれいなわき水もあるし、牛や羊や馬のいる大きな農場もある。

少し高台なのでたいていの場所から海が眼下にちらりと見える。

交通が不便なのと遺跡があることにより周辺の自然が保存されているので、村はいつまでも素朴な美しさを保っている。

村には列車の駅はないし遠くにある大きな駅からバスが一日二本出ているだけなのでたずねて来る人もあまりいないのだが、なぜかイギリス人のスピリチュアルな人やバックパッカーや元ヒッピーがよく来る。

私の亡くなった祖父はイギリスのグラストンベリーという町に若い頃かなり長い間住んでいて、帰国してからこの村で小さなB&B「ビッグヒル」を始めた。

祖父がアルバイトしながら住んでいたイギリスのスピリチュアルな町、グラストンベリーにある祖父がアルバイトしていたB&Bとうちは提携していたので、口コミで日本好きなイギリス人が泊まりに来るようになった。

英語が通じるということでやがて英語版のガイドブックに載るようになりアメリカ人もやって来るようになった。

大繁盛とはいかないが祖父と祖母と父と母、母の弟の章夫おじさんでほどほどに回していけるくらいはうまくいっていたらしい。

私が幼い頃には、かなり繁盛した時期もあったことを覚えている。

祖父が亡くなってからはぐっと予約が減ったけれど、祖父をしのぶ人や一度訪れて大丘村を気に入った観光の人がたまに訪れるので、予約さえあれば一応あけよう、という程度にゆるく営まれることになり私も大人になっていたのでいっそう手伝うようになった。

その小さなB&Bをできれば私が継ぎたいと思っているけれど、なにぶん田舎のほとんど人が来ない場所なのでうまくいくかどうか、先のことはまだわからなかった。

亡くなった祖父はたいそう不思議な人で、ほしいものがいつのまにか手元にやってくる特技があった。

その不思議さにひきつけられた人たちがやってきては、悩みを相談したり考え方を習ったりしていた。祖父はお金を決して受けとらず、かわりの差し入れやお礼で我が家にはいつでも食べ物がふんだんにあったから、お客さんが少ないときでも危機感はなかった。

外国でも日本でも祖父は「大丘村の先生」と呼ばれていて、祖父が生きていた頃はそういう意味でもうちは繁盛していたのだと思う。人々はただ祖父と過ごすためだけに遠くからやってきて宿泊していたのだった。

祖父と散歩しておしゃべりして、畑仕事を手伝って、泊まって高原のいい空気を吸って、母のおいしいフィッシュ&チップスやクリームティを楽しんでのんびりしていくと、たいていの人がすっかり元気になった。

そして家族は祖父の引き寄せの特技を気楽に利用していた。

昔からだれかが、

「おじいちゃん、アイスが食べたいんだけど。」

などとお願いすると、

「よし、わかった。何味かは選べないよ。」

と言ってただにこにこしている。

そしてしばらくすると、近所の人が急に立ち寄ってあまったアイスをくれたり、買い物に出かけた祖母が近所の駄菓子屋さんでアイスを買ってきたりしたと言うのだ。

私の知っている範囲でも、たいてい実現するのはその日のうちだったが、まれに翌日になることもあった。

そんなときは「遅かったなあ」と祖父は笑っていた。

それならとためしに「車がほしい」などと言ってみてもだめだった。しかし車が故障して父がほんとうに困ったときには、祖父はくじ引きで車を当ててきた。

軽トラがほしいのにセダンだったりするので転売の手間は避けられなかったが、空間がふわっと明るくなる魔法のようなできごとだった。

また、彫刻家をしている父がある日、アトリエがあったらなあ、と言ったとたんに、祖父は昔からの友人に突然ログハウスのキットをもらった。

基礎工事が案外たいへんで結局お金もかかったけれど、それで父はイギリス風コテージの母屋とちぐはぐなログハウスの小さなアトリエを家のとなりの小さな土地に手に入れたのだった。

まあ、これで望んだものが時差も違いもなくすぐにやってきたら、ここはもはや天国だ、だからこのくらいの差があるのが、この世ではふさわしいよね、とよく家族で噂をしたものだった。

祖父がなにかを引き寄せるとき、奇跡みたいなもののきらめきがあたりをとりまいた。その光は祖父から出ていた。

人間だって自然の一部なのだから、きっと海や山や空がいろいろな瞬間を見せるように、そんなはっとした瞬間を持っているに違いない。

いつしか私は自分にそんな瞬間が少しでも多くなるような、そのような生き方をしたい、それだけでいいと思うようになった。

ある日の朝、音楽番組でクィーンを観ていたとき、祖父はいたく感動して、

「フレディは神だ、むだな動きが多いが。」

と言った。

そしてクィーンのTシャツがほしいと言った。

この田舎町ではむりなのではないかと私は思ったが、学校から帰宅して居間で昼寝している祖父をなにげなく見たらなんとクィーンのTシャツを着ていた。

私は夕食を作っている母の肩を叩き、祖父を指差して首をかしげてみた。

料理を作っている母の姿は幼い頃から変わらず私を落ち着かせた。計算された手順、落ち着いた態度、美しいリズム。たとえ世界が終わってもこの安定感は変わることがないと思えるような、今しか見ていない真剣な、しかし力の入っていない様子。

振り返って母は言った。

「ああ、あれ？　空からTシャツがふわふわと落ちてきたんだって。」

「せんたくものが落ちてきたの？」

と私はたずねた。

「あんまり気にしないで着たって言ってたよ。」

母は笑った。

「でも、この話のいちばんいいところはね。」

夢見るような瞳で母は言った。

「急にふわっと肩のところがあたたかくなって、まるでお母さんが赤ちゃんにブランケットをかけてくれたみたいに、とても優しい感触でそのTシャツが落ちてきたんだって、おじいちゃんが言ったところ。さっきからそのふわっていうところを思い出すたびに、私までなにかに包まれてるみたいな感じがするのよ。」

昼寝から起きてきた祖父にTシャツについて聞いてみた。

「よく手に入ったね、この田舎町で。他のバンドじゃなくてまさにちゃんとクィーンなのがすごいね。おじいちゃんも極まってきたね。」

私はそう言った。

祖父は言った。

「この歳になると、もはや人生は遊びだからなあ。いやなことは多々あれど、全部遊びなんだよ。それに、今回は俺が偉大なのではなくって、きっとフレディがすごいんだ。彼は通りがよいから、願いが通じやすい存在だったのだ。」

私はうなずいた。

「通じやすくしていれば通じる。そのためには…」

祖父は言った。

私は言った。

「ねえ、おじいちゃん、じゃあむだな動きはたくさんしてもいいの？」

「最後まで聞きなさい。フレディにはむだな動きが多いけれど、そして確かにそこがあと一歩進んだら気になるようなところではあるが、それは関係ないんだ。だいじなのは違うことをしないことだ。あれ以上むだな動きが増したら、違うことになると思うんだけれど、わずかなところで踏みとどまっているのが、彼の天性の肉体的な勘なんだろう。」

違うことってなんだろう、私は首をかしげた。

「毎日のほとんどのことは、まるで意地の悪いひっかけ問題みたいに違うことへと誘っている。でも、違うことをしなければ、ただ単に違わないことが返ってくるだけなんだ。そうしていれば、私のできることはだれにでもできる。」

祖父は言った。

「それぞれに誘われやすい『違うこと』は違う。誘われやすさはその人の長所のすぐとなりにあるから、だれもが毎日十円、百円と借金をするように『違うこと』をしている。それはやがて大きくなって出来事になって返ってくるか、ほしいものがそうとうな時差をへないと、あるいは全く手に入らなくなる。

毎瞬いかに誘われないかが全てだし、誘われたことにどう対応するかが全てなんだ。首尾よくやった証拠として商品が来る。その体験をどう大事にして、どう新たにまた誘われずにいくか、人生は最後までこのゲームだけでできている。このゲームのルールは生まれてくるときに自分で設定するのだと思うと、いちばんしっくりとくる。

強くイメージすると叶《かな》うとかでもないし、善行を重ねれば徳がたまって返ってくるわけでもない。全く無慈悲な精密なバランスでその人の中に誘われることの秘密がある。それでも避けられないのが生病老死だからこそ釈迦《しゃか》はよくわかってたと思うが、それさえもその人の誘われやすさをクリアしていればある程度は望みのうちに終えることができるとふんでいる。」

私はうなずいた。釈迦よりも上に自分を置くとはすごいなあ、と思いながら。

「幹、今、釈迦よりも自分を上に置くなんてすごいと思ったろ。」

祖父は微笑んだ。

「まず、自分の宇宙の神様を自分だと思わないと、決して全部は見えてこないと思うよ。彼らのような過去の偉人を、同じ道を歩んだかもしれない人たちを尊敬してないっていうことじゃない。ただ、自分の人生は自分しか助けられない。自分を助けられたら、きっと神様も釈迦も地球もなんでもかんでも助けてあげられるんだ。

子どもがほしくてしかたなかった淑子のために、俺は祈ったんだ。赤ちゃんが授かりますようにと。あんな来方で来るとは思わなかったけれど、おまえはやってきてくれた。あれが人生最大の収かくだった。それに比べたらこんなTシャツなんか、小さなことだよ。」

祖父は微笑んだ。

「引き寄せっていうのはつまり、欲の問題だろう？　でも、俺のはそれじゃないんだ。

欲がないところにだけ、広くて大きな海がある。海には絶妙なバランスがある。その中を泳ぎながら、俺は最低限の魚をとって食べている、ただそれだけのことなんだ。有名になる必要はないし、足りているもので生きればいい、そう決めれば必要なものはそこにあるんだ。

花のベッドに寝ころんでいるような生き方をするんだよ。幹のいちばんいいところは、心からの幸せの価値を知っていることだ。今のままでいい。うっとりと花のベッドに寝ころんでいるような生き方をするんだ。もちろん人生はきつくたいへんだし様々な苦痛に満ちている。それでも心の底から、だれがなんと言おうと、だれにもわからないやり方でそうするんだ、まるで花のベッドに寝ころんでひるねしているみたいに。いつだってまるで今、そのひるねから生まれたての気分で起きてきたみたいにな。」

自分の中の幸せが祖父に伝わっていることがほんとうに嬉しかったから、その言葉をずっと大事に抱いていこうと私は思った。

亡くなったとき、祖父はもちろん棺桶《かんおけ》の中でそのTシャツを着ていた。

まるで天にふわっと抱かれるように。

今頃祖父はフレディに会って「すじはいいがむだな動きが多い」と忠告しているのではないだろうか。

前の年の冬のはじめに、裏の廃墟《はいきょ》のようなビルにひとりで住んでいた暗く偏屈なおばあさんが亡くなり、そこはほんものの廃墟になった。

その三階建ての小さなビルは元は一階が駄菓子屋兼よろず屋みたいな店、二階が住居、三階が貸部屋だったが、おじいさんが精神を病んで屋上から飛び降り自殺しおばあさんだけになったときに店はたたまれた。そのときの様々な悪い噂のせいではじめは近所の酒屋が倉庫兼事務室として借りていた貸部屋もだれも借りなくなり、人が住んでいるのかいないのかわからないような荒れほうだいのビルになってしまった。

たまに母が近所のよしみでそうじや草取りを手伝いに行っていたのだが、家の中のものを動かすな、庭に触るなとおばあさんの逆鱗《げきりん》に触れ、居留守を使われるようになってから次第に行かなくなった。最後まで玄関の前に差し入れを置くようにはしていたようだが、返答もお礼もあいさつもなかった。

虫はわいているし風向きによってはかびくさいし、困ったねと言っていたところにおばあさんが亡くなって「やっとあのビルがなんとか片づくのでは」と言っていた私たちは、いつまでも廃墟のままだったので当てがはずれて少しがっかりしていたところだった。

人が死んだのにそんな言い方をするのも申し訳ないが、そんなふうに軽口でも叩かないと、裏にあのビルがあることが生活の質を落としかねないくらいの重さだったのだ。

うっそうとした不吉な雰囲気を漂わせ、コンクリートの壁面がひび割れだらけのそのビルは夜になると真っ暗になり、こうもりやいたちがすんでいるようすもあり、蜂が巣を作り、前を通るたびにげんなりとした気持ちになった。

だから家ではそちら側の窓のカーテンをずっとしめて、あまり見ないようにしていた。

しかし、春先のある夜にたまたまふと四階の自室の窓まわりを整理するためカーテンを開けてそこを見下ろしたら、小さい明かりがついているのを私は見つけた。

土台から傾きそうな古ビルだったので人がいるとはとても信じられなかったが、明らかに人の気配がその窓辺にあった。

私はアトリエに走って行って父に告げた。

「裏の家に電気がついてる。」

父は石を彫っていたが顔をあげて、

「あの幽霊ビルに？　ついに取り壊しで下見に来たかな。」

と言った。

「でも、すごく小さい明かりがひっそりついてただけなの。」

私は言った。

家族以外には無口な父の作るものはいつも植物がモチーフで、レリーフも植物模様ばかりだった。決して人が出てこない。今日も巨大なつる植物のレリーフを父は作っていた。

母の弟の章夫おじさんが父のアシスタントや取り次ぎをしていた頃は、人当たりがよく営業がうまいおじさんの力であちこちから仕事を頼まれてかなり売れっ子だったのだが、十年くらい前に章夫おじさんが心臓発作で突然死んでしまってから、営業下手な父はいっそう静かになったし、もちろん仕事も減った。

植物の像ならどんな場所にも合うので今でも注文は少なくないし、台風やら劣化やらで破損したところを直してくれという話も多いから常に忙しいことは忙しいのだが、当時はもっと外へ出ていこうという勢いがあったのだ。

人気があったときに頼まれても父は人間を彫らなかった。

「うまくできないから」と断ってしまう。

母はそのようすを「人間が好きでしかたないからこそ、こわさもわかってできないんだね」といつも言っている。

父は村はずれの花農家の息子で、母とは幼なじみだった。父は祖父と気が合い、祖父のところになんとなく出入りするようになってから母とつきあいはじめ、なんの葛《かっ》藤《とう》もなくすんなりと結婚したらしい。

そんな父が唯一信頼していたのは章夫おじさんだった。

父のいちばんすてきなところは、章夫おじさんが死んだあと代わりのアシスタントを探さずじっとそのままひとりでやっていることだ。

仕事が減ったことも気にしないで自分のペースでずっと創り続けている。

父はたまにアトリエで章夫おじさんを思い出してさめざめと泣いている。

どうしたの？と聞いてみると父は「章夫を思い出して」とおじさんの名前を口にす

る。とても大事な宝物のように呼ぶので、毎回胸がしめつけられる。

「細いのに頼もしくて、どんな重いものでも体をうまく使ってさらりと動かしたんだ。いやな顔ひとつせず、まるで赤ちゃんを扱うみたいに作品を扱ってくれたんだ。他の人にはできないよ。会いたいよ、章夫に会いたいよ。」

そう言われるともらい泣きするよりほかは、なにもできなかった。だれかをこんなに純粋に好きになって惜しむことや、かわりのきかなさを味わったままでいることは、私にはこわくてできないかもしれないとさえ思った。父の人を思う情熱にはいつもびっくりさせられた。多分それは母と私にも向いているのだろう。

父の世界は、石と植物と家族だけでとてもシンプルに回っているし、よけいなことを入れないことがいちばん大切なように見えた。

最近やっと父の目に光が戻ってきて、章夫おじさんの死から少し立ち直ってきたのかもしれないと思う。

そんな不器用な父を私は誇らしく思っていた。

「うちは白、あっちは黒と呼ばれていたからなあ、当時。」

父は言った。

「なにそれ、どういう意味？」

私は言った。

「幹が家に来る前のことで、まだ俺もママも若かった頃ね。駄菓子屋は仮の姿で、ほんとうは降霊術をやったり、悪魔的なものを崇拝して人を呪ったりしているっていう噂があったんだよ、あの家。みんなおかしくなっちゃってさ。一方うちのおじいちゃんは人の相談に乗ってはよい雰囲気を生み出していたから、正反対だってよく村の噂になっていた。白屋敷と黒屋敷と呼ばれていたくらい。」

「知らなかった、でも、せめてこっちがいいほうでよかった。それにこんな小さい宿を屋敷って呼んでたの、なんだかおかしいね。」

私は言った。

「いずれにしてもこのあたりには恐ろしい魔法的な磁場があるに違いない。」

「そうだなあ、あの丘からしてこのあたりの権力者にしても位の高い人の秘密の墓だっていうからなあ。なんの資料も残っていないけれど、よほどの人だろうっていう言い伝えだけがあるそうだ。ここは墓守の村なのかもしれないね。

裏の黒おばあさんは、うちの白おじいさんに昔ふられて、それからもずっとあきらめず、好きでもないお金持ちと結婚してわざわざ裏にビルを建てたんだそうだ。なりたちからして重いよな。

あと、昔はいつも黒ずくめの服装をしている看板娘がいたんだ。近年見なくなったけれど、あまりしゃべらない内気で不思議な娘だった。男のことでおばあさんとけんかしてかけおちして出ていったって聞いたけどね。娘っていっても今はもう立派な中年だと思うけど。」

父は言った。

「それならいちおう生存している所有者がいそうじゃない。出ていったその人は、あの家を取り壊して売ったり、管理したりしないのかしらねえ。」

私は言った。

「ねえ、流れからしてさ、まさか私は実はそこの家の人が捨てた子どもだとかいうこわい話はない？　その娘さんの産んだ私生児だとか。」

「そりゃあ、全く可能性がないとは言えないかもしれないが、かけおちのあと赤ん坊ができたっていう話は一切聞いてないから、ないと思うよ。こんな田舎町ではたいていのことが隠せないから。

でも、更地になったり売ったりはどうだろうなあ…、今の段階であんまり動きがないところを見ると、すっきりすることは期待できないかもな。いつか行政が動くまではそのままになる可能性はあるかもしれないね。うちの宿の評判はますますしょんぼりしそうだけどな。廃墟の裏っていうことで。」

父はあまりとんちゃくのない様子で言った。

廃墟だという以外、今の裏のビルは何がいけないというわけではなかったのだが、いつでも閉まったシャッターのあたりから黒いもやがどんどんわいては周りを取り巻きながらにじみ出てくるように思えて、私はこわくなりなるべく前を通らないし見ないようにしてしまう。

廃墟になってからも一度飛び降り自殺があった。それ以来いっそうこわくなって、私の頭の中でないことにしてしまっている場所だった。

飛び降り自殺をしたのは、大学受験に二回落ちてノイローゼになった受験生で、ふらふらとやってきて無人のビルの中に吸いこまれるように突然入っていって飛び降りたという。

それ以来外階段はしっかりと封鎖されているけれど、肝《きも》試しで来る人以外はほとんどだれも通らない道にさえなってしまった。

そもそも裏の細い道には二軒しか家がなかったのだが、となりの家の家族も気味悪がって丘の反対側に越して行き、ついにその道には暗いそのビルしかなくなってしまったのだ。

それからもいやいやながらちょっと気をつけて見ていたのだが、明かりがついていたのはその晩だけだった。

少ししたら私はまたいつものように裏を見るのを避けるようになり、観察することも忘れてしまった。

その頃から家を出るとたまにこつんと石につまずくようになった。

私の自宅はB&Bの上部にある。四階がそれぞれの部屋、三階がリビングと祖父の部屋、二階から下が宿の棟で、階段と玄関は共通だ。

私は朝起きたら、階段を下りて玄関の重いステンドグラスの扉を開ける。新聞をとりに行くのだ。門までの小径には青と茶の美しいタイルが敷いてある。祖父がわざわざイギリスから送ってもらって、祖父と父とおじで毎日こつこつと貼ったというタイルだ。

そしてそのとき、毎朝ではないが見覚えのないオレンジがかった丸石が玄関の前、そのタイルの上あたりに置いてあるのを見つける。

早朝はたいてい霧が出ているので視界がぼやけて、タイルの茶とその石がまぎれていて、ついけつまずいてしまう。

大きさはたいていにぎりこぶしよりも小さいくらいで、つまずいても転ぶほどではなく特に支障があるものではなかったのだが、なんとなく気味が悪かった。

確証はなかったけれど、あの夜、裏のビルに電気がついていたことと関係があるような気がしてならなかった。ちょうどその頃から石が置かれはじめたからだ。

大平家で朝いちばん早く起きるのはたいてい私だった。

いくら泊まり客が夏以外はめったにいないといっても、いちおう一階と二階は整えておきたかったし、朝のうちに家の正面玄関近辺の片づけをするのは祖父が生きていた頃からの私の習慣だった。

B&Bの朝食堂にあたる場所では週末の夜だけカウンターで父と母がパブをやっており、ギネスとエールのタンクを毎週取り寄せて生のビールを給し、母が自慢のフィッシュ&チップスを作る。カウンターの一枚板には父が彫ったきれいなつる模様がついている。

この週末パブはビール好きの近隣のおじさんたちのたまり場になっていた。すべてが噂になるので、素行の悪い人はいないのどかなたまり場だった。他にも歩いて来られないようなところから来た人や、近隣の町のわけありカップルや、朝ご飯目当ての主婦グループや。その人たちのためにタクシーや代行も頼むことになるが、夜中十二時の閉店の後にそのまま宿泊していく人もいる。

そんな週末の酔っぱらいが置いていくのかな？とはじめは思ったのだが、その石は特に週末だけ置かれているわけではなかった。

また、さほど深刻なものではないのだがその石にはうっすらとした、しかし確実にネガティブな訴えが感じられた。

感じられるという曖昧《あいまい》な表現でしか言いようがないのだが、私に転べというのではなく、もっと大きななにかを言いたいがその人の姿はとても暗すぎて聞こえない、みたいなイメージがいつでもその石を見ているとわいてくるのだった。

気分がもやもやするので、その石をどかしたら家のわきのすきまの部分に置いて、タイルを洗うついでにじゃあじゃあホースで洗い流すようにしていた。

水の力とはすごいもので、そんなもやもやした石も洗い流せば石はただの石になるのだった。むしろ洗ってその小さないたずらに対するいやな感じがなくなる頃には私の心まですっきりとしており、心の平安にはいいのではとさえ思っていたので、私は特に家族にそのことを言わなかった。

もし祖父が生きていたら相談したと思うのだが、のんびり暮らしている両親によけいな心配をかけたくなかった。

ある程度たまってきたら花壇の区切りにポジティブな要素として使ったりするか……そんなある日、母が交通事故を起こして足を骨折し、入院した。

「ママ、大丈夫？　ぶじでよかった。」

私はとなり町の病院のベッドに横たわる母の耳元で言った。

窓の外には建物のすきまから春のぼんやりした道が見えた。家と家の間からは緑に光る山も見える。

こんな状況は全部ないことにして、今からいっしょに散歩に行こうよと言いたいようなすてきな陽気だった。しんしんと寒い冬を抜けてやっと訪れる短い春を、空も地面も着飾って楽しんでいるみたいに感じられた。

「大丈夫よ、ちょっと弱ってるけど大丈夫。大きな問題じゃない。必ず回復する。」

母は微笑んだ。ほっぺたに貼ってある大きな絆創膏《ばんそうこう》が切なかった。大好きな母の顔に傷が残らないといい、と私は思った。がんの手術痕でおなかに傷がある母に、これ以上傷を増やさないでほしかった。いっしょにお風呂に入るたびに母は「ほら、ここ、帝王切開であんたを産んだ傷」というので、私までだんだん母から生まれたような気持ちになったものだった。

「パパはどう？」

母はもう何回かした質問をまたした。事故を起こしたときに運転していたのは母だったので、同乗していた父が心配でしかたないのだ。

雨が降った寒い日、慎重で運転がうまい母は山を越えたとなり町に買い物に行ってなぜか峠道でもなんでもない町の入り口あたりのなんの変哲もない場所でハンドルを切り損なって大きくスリップし、ガードレールに突っ込んだ。車はめちゃくちゃになったがふたりは助かった。

「もう大丈夫、パパは肋骨《ろっこつ》を軽く骨折しただけで、家でおとなしくしているけど、ほとんどふつうに動いているよ。あれだけの事故でふたりとも骨折だけなんて、ほんとうに運がよかったと思う。」

私はふるえる声で言った。まだその状況に慣れなくて、事故のこわい場面を考えるたびに体が緊張した。一歩間違えば私はあの家で突然ひとりになってしまうところだったのだ。

母は弱っていてもちゃんと母のままでいた。まわりを心配し、淡々とし、落ち着いていた。そのことは私を泣かせそうになった。

「このあいだこわい夢を見たんだ、うさぎの夢。」

母は言った。

「あんな変な夢、初めて見た。たくさんのうさぎが出てきて、じっと私を見つめて口々に人間の言葉でなにか話しかけてくるの。でもどうしても聞き取れない。動物好きな私なのに気味悪くって逃げ出した、そういう夢だった。あれ、事故の暗示だったのかなあ。」

「どうして？」

私はたずねた。

「だってあれ猫じゃなかったと思う。目の前に茶色いうさぎが飛び出してきて、ハンドルを切り損ねた。」

母は言った。

私はなぜかぞっとした。

村の山道や農場近くにはたしかにりすや野うさぎがたくさんいたけれど、町の近くの道路沿いではそんなにしょっちゅう見かけるようなものでもないし、飛び出てくるようなこともほとんどなかったからだ。

「気をつけて、とにかく。ほんとうに、いつでも。」

私は母をじっと見つめて言った。

そのとき、懐かしい昔の友人がいきなり病室に入って来た。

私も母もびっくりして目を見はった。

彼は言った。

「おばさん、大丈夫ですか？　野村です。日本に帰ってきました。」

黒いリュックをしょって、めがねをかけて、子どもの頃のままの姿で。

「やったあ、事故で野村くんを引き寄せたわ。」

母はかすれた声で笑った。心から嬉しそうで目がきらきらしていた。すごい光を母は放っていた。瞬間、祖父の輝くような目を激しく思い出して私は泣きそうになった。母が無理に首を起こそうとしたので、私はあわててそれを押さえた。骨が曲がってくっついてしまうと思って。でも母の勢いは止まらなかった。今にも起き上がりそうな表情で愛《いと》おしいものを見るように野村くんを見ていた。

「僕、おたくの裏の土地を買ったんです。」

野村くんは唐突に言った。

まさに父と最近話題になっていたところの話だったので、私はびっくりしてたずねた。

「じゃあ、もしかしたら、あの夜の小さい電気は野村くんが？」

「しばらく前に一泊して、久々に子どもの頃みたいにぜんそくになりかけてしまったから片づけるのをやめたけど、そのときのことかな？

今は下の町の親戚の家にステイしているんだけど、手続きなんかで忙しくてなかなかこっちに来られなくて、たまに少し片づけようと思って昼間行くんだけど、あまりにもやることが多くてめんどうくさいから、行って、ただちょっとそのへんを片づけて、自分のやる気が出るのを待っているうちに眠っちゃって、あきらめてそのままつい帰っちゃうんだよ。」

そう言って彼は頭をかいた。

「先月のあたまに、サンフランシスコから帰ってきたんです。ひとりで。」

「あなた、もしかしたらこっちに移住してくるつもりなの？」

母の目がきらきら輝いた。

「そのつもりなんです。家内が亡くなり気持ちがずたずたになりまして、いろいろ考えてふるさとの町で暮らそうと決めたんです。ほんとうはふたりで帰国したかったのですが、叶いませんでした。

おやじとおふくろはまだあっちにいるんですが、僕だけ帰ってきて。まあ、行ったり来たりになるとは思うんですが、まずはあの土地を整えて住めるようにします。」

そこにいたのは、あまりにもありのままに生きているから、そのあからさまさにいつも私をあきれさせたあの野村くんだった。

体が弱くぜんそくがあり、その上空気が読めないからといじめられっ子で不登校だった彼、祖父の一番弟子だった一学年上の野村くん。

うちに通い詰めていることで私と噂になっても全くひるまずに祖父のもとにやってきて教えをこうていた彼だった。祖父を慕っていて、まるで恋する乙女のように毎日祖父と過ごしたがった彼だった。

「まずはおじいさんのお墓参りに行きたいです。花も持って来たし。でも白い菊を持って病室に来るなんて考えてみたら最低ですよね。この中のガーベラだけ置いていかせてください。」

と野村くんは笑って、手の中の供花の花束から白いガーベラを抜いて、そのへんにあった花瓶に水をくんで活けはじめた。

そういえば無神経なのに堂々としているからいやな気がしないのが、おとなしさの下から出てきたほんとうの彼の性格だったことをまざまざと思い出した。

そのときはっと気づいた。

野村くんの横にどさっと置いてある重そうな黒いリュック。

それは、野村くんが子どものときから持っていたものだった。

少し古びていたが間違いない。

ひたすら祖父を追いかける彼はたいていこちらに後ろ姿を見せていたが、リュックはいつもこちらに正面を見せていた。

そのことも生々しく、そして懐かしく思い出した。

私はもう少しで母を失うところだった。ほっとしていたけれど、まだ緊張していた。

その上、野村くんがヒーローみたいにやってきてくれた。

その全てがリュックを見たとき、いっぺんにすとんと腑《ふ》に落ちたのだ。

やっと今に帰ってきた、がーんとなって宙に浮いていた私の足が地面についた、そう思った。彼が私たちをよい方にびっくりさせてくれたことがありがたかった。

母には管がついていて足下に尿の袋があるけれど、手にはぐさっと点滴の針が痛々しくささったままだけれど、しっかりとここに生きている。

母はその野村くんを見てくすくす笑いながら痛がっていて、私はそのままぼうっとリュックを見ていた。

「どうしたの？」

野村くんは言った。

「そのリュックがとてもとても懐かしくて。見たらいろいろな思い出があふれてきて、ぼんやりしてしまったの。」

私は言った。

「野村くんは、ものもちがいいのね。」

母は言った。

「お金がないだけです。」

野村くんは言った。

リュックよ、私が見ていなかった間の野村くんのことを教えておくれ、と私は思った。リュックはなにも言わず、年老いた犬みたいに静かにそこにあった。

「いつのまにか時間がたっちゃって。」

野村くんは言った。

野村くんの軽自動車に乗せてもらい、村にひとつしかない小さな墓地までやってきた。丘に並び立つなだらかな別の丘の斜面にある、古い墓地だ。

そこに祖父母とおじさんとその前からのご先祖さまたちは眠っている。小さくてシンプルな墓石は父が彫った。花が絶えても淋しくないようにと、いちばん下に花模様が彫ってあるのが父の心のかわいらしさを表している。

手に白い菊を持ち、墓地の階段を上っていた。

花屋さんにはいつだって仏花がある。その意味がこんなにしみてきたことはなかった。

みんな亡くなった人を常に近くに感じて毎日を生きているのだ。

「ほんとうに、大丘村に戻ってきてくれるの？」

私はささやいたが、風に消されてあまり届かない。

それでも野村くんは聞きとろうとしてくれた。耳をこちらに向けて、集中して。

こういう態度ひとつでその人がだいじにしてきたことがわかることがある。

風の中で私は祖父の教えを近くに感じた。

彼は言った。

「ここが僕の原点だからなあ。いつか住もうと思っていたけれど、今回帰ってくるにあたりネットで検索していたら、あのビルがすごく安く売りに出されていたから、飛びついたんだ。」

「信じられない！　でも心強い。」

私は言った。そりゃああの物件は安いはずだよね、と思いながら。

でも私の気持ちはそのとき、自然にそのふたことでしか言えないくらいシンプルだったから、あえて詳しくは言わなかった。もう買ってしまったのなら、いやな話をしたってしかたない。

「なによりも先におじいさんのお墓参りがしたくって、家を買ったことは言わずにたずねようと思ってさっき君の家にいったら、おじさんが幹ちゃんはおばさんのお見舞いに行ってるって言ったから、びっくりしていろんなことをすっとばしてかけつけたんだ。それでおばさんをはげまそうと思うあまりに一気に全部言っちゃった。ばかみたい。」

野村くんは言った。

「それがママの魔法かもよ、今はなんのお仕事をしているの？」

私は言った。

「向こうで小さい出版社を作って、英語の本を数冊出してるんだ。」

彼は答えた。

「すごい、本当？　英語の本を出す出版社なの？」

私が首をかしげると、彼は言った。

「そうなんだ。父が向こうでエージェントみたいなことをやってるうちに、周りの人たちの本を自費出版でもしようかっていうことになり、会社の体裁を作っただけなんだけどね。親父も趣味の人だから小さなコミュニティで細々とやっているよ。幹ちゃん英語できるよね、今度あげるよ、うちの本。」

「訳して日本でも出せるといいのに。」

私は言った。

「売れるといいけど、ジャンルが特殊というか、あのへんでしか売れそうにないっていうか…これから売り込みに行くんだ。作家兼出版社社長として。」

彼は笑った。

「それってかっこいいのか、かっこ悪いのかわかんないね。」

と私が言うと、誇らしげに彼は言った。

「最高にかっこいいんだと思うんだよ。自分としては。」

「そうかもね。野村くんは昔からやると言ったことは必ずやるよね。」

丈夫になり、心も強くなり、顔つきも変わって別人のように成長してから両親とアメリカに去っていった幼い日の彼を思い出した。

「そう、いつも自分は最高にかっこいいと思ってやることが、なんか人とずれてるんだよね。よくおじいさんにもそう言われた。それはもう長所になってるからそのままでいろって。

幸い、あっちで母と僕が習っているヨガのすごい先生が一冊本を作ってくれて、これが向こうでけっこう売れたんだ。いろいろな国で翻訳もされた。僕の本はともかくそれは日本でも売れそう。そうそう、僕、いつかおじいさんの伝記を書きたいんだ。そのときは協力して。」

彼は言った。

「すごい、なんだかいろんなことが全部信じられない。」

私は笑った。そしてたずねた。

「奥さまが亡くなったの？」

彼はさっと答えた。

「向こうで結婚したんだけど、その奥さんを亡くして、で、いろいろあったその結婚っていうのがつまり…おじいさんの言う『違うこと』だったから、それなりにまたいろいろあって、僕も悩んじゃってしばらくなにもできなくなったり、ずっと親にくっついて手伝っていたけれど、人生の後半をどうするか真剣に考えたり。けっこういろいろあったんだけれど。話せば長いから、また今度。おいおい、ちょっとずつ。話したくないわけではないんだよ。」

「いろいろあったんだね。野村くん。いつのまにかすっかり大人になったんだね。」

私は言った。

そうか、結婚して、奥さんを亡くして…。

私たちはもうすぐ三十代半ば、子どもではない。

そんなこともあるような年齢なのだな、と思った。

春のお彼岸の時期も終わりたいていのお墓の花は枯れていたが、たまに生き生きした花があるところがあると安心した。

祖父と叔父が眠っている大平家の小さなお墓は、しょっちゅうお参りにくる母の手で磨かれてぴかぴかに見えた。高台な上にさらに山の中腹にあるので景色がよい。遠くにきらきらと海も見えた。風がわたっていくのが目に見えるようだ。とんびがたくさん飛んで、きれいな模様を空に描いていた。

野村くんはお花を替えて、きれいなお水を注いだ。

私はお墓をたわしで磨き、祖父が亡くなる頃にしょっちゅう足の裏を拭《ふ》いてあげたことを思い出した。足の裏を拭くというのは、本気でやると寝たきりの人にもかなり気持ちのいい、体を拭くのと同じくらいにすっきりすることなのだ。

相手は冷たく固い石なのにあの感じがよみがえってくるとは、人の心はなんて不思議なんだろう。これが可能なら不可能はないように思える。

お線香に火をつけるとすがすがしく、煙はきっと天に昇って彼らにもその前の人たちにも届くんだと思った。

大平家のみなさんがこれまで続いてきてくれたことで、私もここにいることができています、ひょんなことから、血もつながっていないのに仲間に入れてくれてありがとう、と思う気持ちも天高く届くといいなと思った。

「なだらかな山があって、そこを下りればすぐに海があって、風もあって、そしてなにか神秘的な静けさに包まれていて、ここはやっぱりとてもいいところだ。」

野村くんが言った。

ずたずたで淋しい野村くんでも、これからまたしょっちゅう顔を合わせるようになるんだと思ったら、昔のにぎやかだったときが戻ってきたようで、私は素直に嬉しかった。

「あ、これ、幹ちゃんに。わかめ。」

ドラえもんのポケットのように、野村くんはリュックの中から突然に乾燥した薄いわかめを取り出して、私にくれた。

「ありがとう。覚えていてくれたの？」

私はほほを染めた。

「昨日下の漁協のやってる物産館で見つけた。だって、幹ちゃん、わかめがほんとうのお母さんなんでしょ？」

野村くんは笑った。

「だいたいそう思ってる。」

私はわかめを抱きしめて言った。

「ね、私がもし子ども産んだら、ママにもパパにもおじいちゃんにもおじさんにもちっとも似てない子が生まれるんだよね。そのことだけが、いつも全く信じられないんだ。わかめしか知らないから、ほんとうの親の姿はわからない。私の親って、どんな顔だったんだろう？」

「確かにそうだ、信じられないけれど、確かにそうなんだね。ためしに産んでみたら案外似てるかもよ？　なんなら協力しましょうか？」

　野村くんは言った。私は笑って彼の膝を叩いた。

「そんなこと言えるなんて、大人になったたね。さすが結婚しただけのことはあるね。」

　私は言った。

「いやいや、家族に関してそんな生々しい事実を普通に考えながらもいつもにこにこしていられるなんて、みんなよっぽど幹ちゃんをだいじに育てたんだね。前から不思議な子だったけど、大人になってもそこは不思議なままだなあ。」

　野村くんは言った。

「このまま、不思議なおばさん、そしておばあさんになっていくんでしょうね。」

　私は微笑んだ。

「幹ちゃんは結婚してるの？」

「家のことが忙しくてそれどころじゃなくてしてない。遠距離恋愛の彼氏がいたのも二十代前半が最後。なんかさあ、村人とか近隣の人と恋をする気がしなくて。だって小さい村だから、なにをしようとみんな筒抜けなんだもの。一生独身でいたいと思って。跡継ぎもいないし、あの家。」

　私は言った。

「でも子どもはいつかほしいな。十年以内に一回だけチャンスがあればいいんだもんね。いい助産師さんは下の町にいるし、なんとかなるかも。あとね、憧れの人はいるのよ、王子様って呼んでる人。」

「君ってなんか小学生みたい。」

　野村くんは言った。

「だって、ほんとうにすてきなんだよ。貴族みたいに上品な人でさ。村に唯一の、この村の水槽の全てを面倒見ている熱帯魚店を経営しているの。」

　私は言った。野村くんはあきれた顔をして答えた。

「なあんだ、独身ならもっと押してみればいいのに。それも協力するよ？」

「彼にはもっとちゃんとした女の人が似合うんだもの。私はそんな気ない。見てるだけでいい。私、一生独身でいいんだ。恋愛に重きを置いてないのよ。彼氏がいた頃も仕事に夢中だったし、むしろ恋愛って面倒だなって思ってた。

宿っていつでもけっこう重労働だし、夏だけおそうじの人を頼んでいるけど、やることがいっぱいあるのよ。私、拾ってもらった恩義を返すためにパパとママをきっちり看取って、できればB&Bを継いで、お客さんが来たときはちゃんと英会話とママゆずりのフィッシュ&チップスでもてなして、あとのときはひとりで、あるいは子どもと、思う存分だらだらして暮らすのが夢なの。すばらしい思い出をいっぱい抱いてね。」

私はつい正直に夢を語ってしまった。相手があまりにも素直に話していると、こちらもつい素直になってしまうものだ。

「幹ちゃん、性欲とかないの？　そんな人この世にいるの？」

野村くんは目をまんまるにして言った。私は答えた。

「よけいなお世話ですよ。そりゃあ、ないことはないよ。でも、そこに重きがないんだって。やることもたくさんあるし。そういう人だってこの世にはいるんだってば。」

「いろんな人がいるなあ。どうしても結婚したい人もいれば、こんな人もいる。」

野村くんは言った。

「こんなで悪かったね。ほら、富士山を見て。」

と私は海を指差した。

どうしても結婚したい人とはきっと彼の亡くなった奥さんのことなんだな、と思いながら。きっとその人は結婚してほしいと心から願い、野村くんはそれを聞いてあげたのだろう。

それが、彼にとって「違うこと」とわかっていても。

「違うこと」を選ばなくてはいけない、人にはそういうときもある、そういうときはそれが違うことだと毎日のように自覚して調整すればいい、とよく祖父が言っていたのを思い出した。きっと彼はそうしたのだろう。

ぼんやりと霞《かすみ》の向こうにあのすてきなシルエットが浮かんでいて、まるで幽霊でも見ているように私までぼんやりとした。

富士山は近くにあっても遠くに見える山なのだ。

「懐かしい、いつも富士山の気配がある感じがしたね、このあたりの浜では。天気がいいと夕方富士山のシルエットがピンクに染まるんだよね。」

野村くんはごきげんなようすで目を細めてそう言った。

彼が遠くを見るときは目を細めて少し眉間《みけん》にしわが寄る、忘れていたそのことを思い出した。

当時の私にとっては毎日のように見るものだったのに、時間はたっているんだなと私は思った。

あのときは祖父がまだ生きていたし、現実的で頼もしかった章夫おじさんもいた。なんてぜいたくな期間だったんだろうなと思った。そう感じながらも今の私もとてもぜいたくだと知っていた。

母の命は助かりまだまだいっしょにいられる。そのありがたみがわかった、それだけで胸がいっぱいだった。

「おばさんが生きていてよかった。もっと早くあいさつに行けばよかった。黙って裏を買って家を建てて、きれいにしてからはじめて登場してびっくりさせようと思ってさ、あえて顔を出さなかったこと、すごく後悔したよ。」

いいタイミングで野村くんは言った。

「そうだよ、寄ってくれればよかったのに。突然小さい明かりがついていたから、すごくこわかった。」

私は言った。

「なんだか、あそこの家の中身って、どこから手をつけていいのかわからないくらいおどろおどろしくて不吉なんだよ。動かすと悪い空気も大きく動きそうで。激安物件だっただけのことはあるね。」

野村くんは平然と言った。すごいのは野村くんだと思った。あんなところを買ったりそこに泊まったりするなんて、よほどの行動力がないと気が重くてできない。

「あの家のおじいさんはあそこで自殺したし、そのあと飛び降りもあったし。」

私は一応伝えようと思いさらっとそう言った。野村くんは言った。

「そうなんだってね。」

「知ってたの？」

私は驚いた。野村くんはうなずいた。

「下の町の親戚にまで噂は届いてて、あの土地を買うの止められたもん。でもそこまでいくとなんか面白いじゃないか、よし、いい感じにして住んでやる、と思ったんだけど、いざ夜ひとりになるとこわくって、何回幹ちゃんちに走って行こうかと思ったよ。でもそれじゃあ男がすたると思って、ぐっとこらえていたんだ。」

「そんなことこらえないでよ。うちに泊まりに来たっていいんだから。客室は四つもあるんだから。四つしかないという言い方もあるけど。」

知っていたのか、と思いながら私は言った。

「今度からそうするよ。契約問題が落ち着いたらいよいよ業者が入っての片づけだから、ぐずぐず言っていられないし。」

野村くんは笑った。

あの気味悪かった明かりが突然に親しく温かく幸せなものに思えて、心にあったもやもやがひとつ消えた。

風が吹くごとに草が揺れて光を反射し、まぶしくきらめいた。

白い花は風に揺れ、そのたびにいい香りを運んできた。

よく晴れ渡った午後の気持ちのいいお墓参りだった。

野村くんが泊まりに来るかもしれないので、ダブルのいちばん広い客間をはりきって掃除した。

祖父の部屋もきっと野村くんはたずねたいだろうと思い、ついでにリビングのわきの祖父の部屋を掃除した。そんなことをしていたらほとんど一日が終わっていた。

窓の外を見ると、夕暮れが村全体を染めあげていた。薄い金とオレンジのヴェールがかかったような勢いのある光景が窓の外に広がる。

祖父の部屋をたまに風通しするのは私の幸せな仕事だった。

祖父を慕う人が多かったし、たまに野村くんのように遠方から懐かしんでやってくる人もいたから、我が家の中のその場所はほとんど記念館のようなものになっていた。

そこに飾ってある流木や石はみんな祖父が散歩のおりに拾ってきたものだった。

私はその流木の美しい形を見てぼうっとするのが好きだった。

窓は父が学生時代に創ったあまりうまくないステンドグラスだし、窓辺のブーゲンビリアは異様に育ってとげをからめながら壁を覆い尽くしているし、春でもうっそうとしていた。それなのに祖父が暮らしていたという気配だけでそこには清潔感がある。

家族がのんびりしているのを昔は「おじいちゃんの術に守られてるからでは」と思っていたのだが、祖父が亡くなっても父と母ののらりくらりしたところはいっこうに変わらない。

もしかしたらそういうのがほんとうの強さなのではないか、と私はだんだん思うようになった。

小さいときは不思議に思っていた。なんで母はたとえ腹がたっていても大きな声を出すことが少ないのか、父も母もどうして正しいと思うことでも人にはっきり伝えないのか、そう思うこともあった。

暮らしていると日々のくりかえしの中でなにかがもやっと人や家を取り巻くようになる。ぐにゃっとしたもやっとしたもの。それは体にまとわりついて力を奪うものだ。

そういうのを日々実にうまく回避していたのが祖父だった。

その技を母はきっと無意識に受け継いでいる、そう思わずにはいられなかった。

一見あたりまえのこと…家族が仲良く暮らす、なるべく気持ちをためないようにちゃんと言う、あいさつをしっかり交わす、家の掃除をする、そんなことの積み重ねが結局は大きな力になっていく。

こんなにも平凡な暮らしに見えて、これ以上の魔法を持つ人々を私は知らなかった。

というのも、小さなひずみがいつのまにか大事になっていくのを、この村や他の町や新聞やTVで毎日のように見るからだ。なにか大きいことをしようとして、そのぶん小さいことがおろそかになり、おかしなことをおかしいと思えなくなってしまって、どんどんずれていくさまを。

そうならないようにすることこそが、祖父の教えだったのかもしれない。動くときは大胆に動け、しかしそこには細心の注意をはらって違うことをしないようにしろ、小さな力をためて大きな力に換えろ、そういうこと。

私は彼らの生き方を描いた証明書に太鼓判をおすような形でこの世にやってきたのだなあ、と時々思う。

祖父の部屋で窓をあけて、何回も呼んでみる。

「おじいちゃん、おじいちゃん、聞こえますか？　ありがとう、ありがとう。」

すると私の周りにどこからか光が降ってくる。きらきらとまぶしい光の粒が。

それを見ると元気が出て、私は祖父のベッドに大の字に横たわる。

母は病院のベッドでこのきれいな春の季節を過ごさなくてはいけない。今だって体の痛みや不快と戦っている。でも、生きていてよかった、母は帰ってくるのだから、と私は思った。

こんなにも失うことが切ないなんて、なんと幸せなことだと思ったのだ。

生まれたときから重症らしい私の幸せ病はとどまるところを知らないくらいに強くなっていく。

親が嫌いだとか家のあとを継ぎたくないとかいうのは、生まれてすぐになにもかも失ってほんとうに丸裸になっていた私にはそもそもありえないことだった。生きているだけでもうけものだと思っていたからこそなにをしても楽しかったのだし、その魔法はいつまでも解けなかった。

赤ちゃんの私がみんなにかけた魔法なのか、それともみんなが私をはじめにかけねなく優しく抱いてくれたから強くかかった魔法なのか。

買い物に行きがてら、弱った母を見て少し沈んだ心を明るくするために、熱帯魚屋さんに寄った。

今日も王子様は色とりどりの魚たちに囲まれながら白いシャツを着て、エプロンを着て、ひたすらに熱帯魚の水槽を洗っていた。その姿勢の良さ、短い髪の清潔感は見るに値する。

王子様はものすごくこわいお母さんとふたりぐらしをしている。あまりにもお母さんがこわすぎて、お母さんの認める嫁の基準がすごすぎて、嫁が来ないというのが近所の噂だった。

でもそんな背景はどうでもいい、私は王子様をたまに眺められればそれでいい。

水草を買ったり、めだかの餌《えさ》を買ったりしながら少し話せれば充分だった。

「いつも買ってくれるお礼に珍しい黒めだかを一匹おまけします。」

と彼ははきはきした声で言って、透明な袋に黒めだかを一匹入れてくれた。

私はそれを受けとってすっかりごきげんになった。

家に帰って玄関脇のめだかの鉢に黒めだかを放したら、赤めだかたちに混じってすぐに元気よく泳ぎ始めた。命はいいなあと私は思った。どんなときでもめだかたちをすっと泳がせるみごとな力が、この小さい体の中に入っているのだ。

めだかの赤ちゃんはたくさん生まれ、たくさん死んで、数匹が生き残ってたくさん食べて大きくなる。死んだめだかはもう美しくない、命のきらめきもしゅっと動く鮮やかさももうない。

それが生きているということ。

スタートのレベルが低かったせいなのかもしれないが、それだけで私は心から満足だった。眺めることができる、それだけで。

王子様は眺めるだけで満足だし、懐かしく気がおけない野村くんもやってくるし、霧が多いこの村にもだんだん春がやってきて、菜の花やさくら草がいたるところに咲きはじめているのもいい。

私は自分が浮かれていることに気づいた。

裏の家が廃墟でなくなり、そこに古い友だちが住むというのは、最高の知らせだったのだ。


それは夢というよりは通信みたいな感じだった。

野村くんの奥さんが私の前に座って涙を流していた。

なぜ私がその人を野村くんの奥さんだとわかったのかは、わからない。ただはじめからそうだという気持ちで彼女と向かい合っていた。

か細くて大きな目のその人はボーダーのTシャツを着ていた。髪の毛がほとんどないのはきっと抗がん剤のせいだろうとうっすら思っていた。ひよこみたいな薄い毛だけがぽわんと生えていて、それでも彼女はきれいな人だった。

「私は、充分野村さんを大切にしたと思っていたんです。でも、こうなってみると足りなかった。朝起きて、窓を開けたらそこに空があるように、とても短い時間だけだけど、野村さんとただただいっしょにいたんです。まるで信仰のように。野村さんにパンを焼いているときも、パンにバターとジャムをぬるときも、そのことだけに集中できていたのは、野村さんをあまりにも好きだったから。

全ての行動がそこにつながっていました。人生の残り時間が短いとわかっていたからあんなに一生懸命になれたのか、私のもともとの性分なのかよくわかりません。私にとっては景色も植物も食べ物も通りすがりの子どもたちもみんな野村さんだったんです。

野村さんは別に特別な人じゃあない。洋服はたたまないし、お財布はレシートでぱんぱん。そんなだらしないところもあるし、人の気持ちをくみとらない、無神経で冷たいところもあります。なによりもなにかに熱中すると体のことを二の次にするのがいちばんよくありません。どうか気をつけてあげてください。

きっと、だれもがもし私があの時間を大事にしたように人に接すれば、この世のだれでも輝ける人物になります。そんな相手が野村さんだったことを、私は幸せに思っているのです。だから、彼を大切に。あなたには時間があるから、つまずかないで、大切にしてください。彼は私の宝物だったんです。」

懇願ではなく、落ち着いた穏やかな口調だった。その瞳からとめどなく落ちる涙以外は。

私はスカボローフェアという曲の歌詞を思い出した。

彼女に継ぎ目も縫い目もない白い麻のシャツを作ってくれと伝えてくれませんか？それができたら彼女は私の真実の恋人になるでしょう…。

そう思ったら、夢の中でスカボローフェアがまるでオルゴールのふたを開けたみたいに流れ出した。

音符がきらきらしたかけらのように空間を埋め、私と彼女はそれを追って夢見るような瞳で宙を見つめた。まるでふたりで遠くの雲を見ているみたいに。

「いや、私はそんなつもりはないです。あなたの言いたいことはとってもよくわかるけれど、私にとって野村くんはそんな対象じゃないんですよね。私には異性以外の私の宝物がもうあるんです。

年頃の男女がこれから近所で同じ共同体として暮らすって言ってるんだから、もしかしたら間違いも起きるかもしれないし、私が彼を好きになる可能性がゼロとは言いませんよ。でも、もしそうなったとしても私はあなたのようには野村くんのことを思えないと思います。私の言ってることってごうまんに聞こえるかもしれないですけど、私には、しなくてはいけないこと、したいこと、いるべき場所、守るべきものなどなどがたくさんあって、はじめからそんなふうに恋愛を大切にできるような余地がない生まれなんですよね。」

私はそんなようなことをこつこつと話したけれど、彼女のぽろぽろ落ちる涙は止まらなかった。

涙を拭かないのは、たくさん泣いた人である証だ。

涙はまるで風が風鈴を鳴らすみたいに、ぽつんぽつんときれいなリズムを刻んでこぼれおちていった。

「野村さんはとてもいい人で、私の家の事情が複雑すぎて家を出たいと言ったらさほど私を好きでもなかったのに結婚して家から出してくれたんです。私の家はお金持ちで、とてもたいへんな家だったの。母の若い再婚相手は私を狙っていたし、何回も襲われた。だから私は全てを放棄したかった。そのときのとてもめんどうくさい相続の問題もみな弁護士さんをたてて解決してくれました。お金のない私を、やっぱりあんまりお金のない彼は喜んで受け入れてくれた。だから私は平和に死ねたの。彼は私がお金もないし死ぬってわかっていて結婚してくれたんです。」

確かに、あの人はそういう人かもしれない、と私は心で思った。

とても古く大切な友人をかばうみたいな気持ちで。

「野村くんが、あなたのお金を相続して裏の土地を買ったのでなくて、なんだかほっとした。彼の不器用さや要領の悪さが変わってないことがわかって、嬉しい。」

彼女にはそれが届き、うなずいた。

「私にとって、毎日が奇跡の連続でした。日常の全ては非日常でした。そう、ほんとうに今流れているこの曲のように、ありえないことをたくさん私たちは成し遂げた。

そして彼は私のいなくなったあと、前のようには生きられなくなった。

そして、あのような時間を他人と持てることがこの世にはあるということを知って
…というのも私の育った環境はあまりにもよくなかったから、この世に愛があるということを知ることが、私の最高の夢だったから、安心して私は死んだの。

あと一日だけいっしょにいてもいい？　あなたを見ててもいい？って毎日思っていて、毎日それが最後の日まで叶ったんだから、私の人生はもう言うことないものだったんですよ。」

私は、彼女の言うことをよく理解できた気がした。

そしてうなずいた。

「あなたが野村くんに拾われたように、私は今の両親に拾われた。だから、あなたの気持ちはよくわかる気がします。あなたのような気持ちで野村くんを見ることは多分私には一生ないけれど、あなたがどういう気持ちなのかは、とてもよくわかりますよ。」

私は言った。

彼女はきらきらした涙の粒を落としながら、かぎりなく優しい目で私を見ていた。まだ生きて野村くんに会える私に対して嫉妬《しっと》もうらやましさもあるだろう、それでもとにかくなにかを成し遂げ、全てを終えた人の透明なまなざしを彼女は持っていた。

「これから野村さんを守るのはあなたです。よろしくお願いします。」

彼女は言った。

「いや、あの人強いから、大丈夫ですよ。あんな家にひとりで住もうなんて、よほど強くないとね！」

私は言い、彼女は涙にきらきら濡《ぬ》れた目で微笑んだ。

雨上がりの舗道のような輝きだった。

こんなことはよくあることだ、みたいに私と彼女はなんとなくそのきれいなメロディの中で並んで座っていっしょに過ごしていたが、心のどこかでこんなことはなかなかないと、とても貴重な時間だとわかっていたので、ふたりが目を合わせるたびに切ない気持ちが通い合った。

スカボローフェアの音だけがきれいに流れていた。

彼女はかつて私の真実の愛だったのです。

おかげで、次に野村くんがやってきたとき、妙に親切な気持ちになってしまった。だれかにそんなに大事にされることがあったなんて、この人はすごいんだなあという素直な尊敬の念がわいてきたのだ。

しかも野村くんは前回よりも微妙に顔色が悪かった。

朝っぱらから裏の家で物音がするなと思ったら、薄い霧の向こうに解体の業者が大勢でやって来てブルドーザーでビルを壊しているのが見えた。

霧が出る朝は春でもとても寒い。遠くの山々もかすみ、太陽もまるで消えたようにくぐもった輝きにしか見えない。そして霧は淡いカーテンみたいに気持ちまでぼうっとさせる。

そしてよく見ると顔色の悪い野村くんが庭先にヘルメットをかぶって立っていた。

「結局、取り壊しになったの？」

と窓から大声で言ってみたが、彼はこちらを見上げて耳に手をあてるばかりだった。

しかたなく、パジャマにカーディガンをはおって、つっかけをはいて私は出ていった。近づいていくあいだ、夢みたいだと思った。どんなに自分が淋しく思っていたかわかった。私は山を下りた海辺の町に小学校から高校まで通っていたが、その頃の友だちはほとんど町を出てしまった。いつか戻って来るかもしれないとは思っていたけれど、たまに帰省して来るくらいで、まだだれも帰って来なかった。思わぬときにこんな近所に友だちが越してくるってなんてすばらしいことなんだろうと、何回でも気持ちが明るくなった。

「ビルはもう土台が腐ってて、さすがの僕もあきらめた。」

野村くんが言った。

「昨日もここに泊まってたの？」

私はたずねた。

「うん。夜中に来ちゃって。」

野村くんは言った。

「なんでうちに泊まらないのよ。体をだいじにしないって奥さんも嘆いていたよ。」

私はうっかりそう言ってしまった。

野村くんはとても複雑な表情をした。いろんな気持ちが混じった表情だった。

確信を持っていないことを彼は言わない。

だからきっと「幹ちゃんがそう言うならふたりはほんとうに会ったんだろう、でもどこで？　なんで？」と思っているに違いなかった。正直な人というのは黙っていても表情が実によく全てを語っているものだ、と私は感心して彼を見ていた。

「とにかく家がちゃんと建つまでは、不衛生なところに泊まるのはよくないよ。」

私は続けた。

「泊まろうにももう家はないから大丈夫。」

野村くんは笑った。

「取り壊しちゃったから。」

なるほど、こういう意地のはりかたをするのか、前もって妻にレクチャーを受けておいてよかった、と私は思った。

「でも、不思議だね。朝になって、ふもとの村から解体の人たちが来たとき、なぜかほっとした。」

母が野村くんを見たときの輝くような表情を思うと、野村くんにはぜひここに長く住んでほしかった。

私が大平家にやって来たときのように、彼は希望なのだ。

「解体が終わるまで、うちに泊まって。」

「そうする、いちいちふもとに戻るのがけっこう大変で。お金は払うよ。」

「オッケー、友だち割りにしとく。」

私は言った。

「なんかいやな夢みるんだよ、あそこに泊まるとさ。」

「どんな？」

「うさぎの夢。邪悪な感じでぴょんぴょんはねてくる。僕、動物は好きなんだけれどあれは単なるうさぎじゃないような気がする。」

野村くんは言った。私はぞっとした。またも「うさぎ」だ。このキーワードはいったいなんなのだろう。

「あのさ、狐《きつね》を使った呪いの話、知ってる？　百匹くらいの狐を穴に落として、食べ物も水も与えずにお互い殺し合わせて、最後に残った強い狐を殺してその霊を呪いに使うの。」

野村くんは暗い表情で言った。

「知らないけど…最悪のことだね、それは。ほんとうに恐ろしい。なによりもそんなことを考えついた人間というものがいちばん恐ろしい。」

私はぞっとしながら言った。

恨みと憎しみと飢えに満ちて同胞愛を失くしたその生き物は、そのようにして生き残っても結局人に殺されてしまう。それ以上生き物の尊厳を奪い、愛のない世界が、恨みを燃やさせることが、この世にあるだろうか。そんな恐ろしいことを考えたこともなかった。

「あのうさぎには、その話を想像したときの狐みたいなニュアンスがあるんだ。」

そのとき、私の口が勝手に動いた。

「うさぎの後ろに、隠されたものがあるんだ、きっと。」

「なにそれ、こわいじゃないか。僕はこう見えてもこわがりなんだぞ。」

野村くんは言った。私はあきれて言った。

「こわがりの人は廃墟にひとりで泊まったりしないよ。」

「裏に知り合いが住んでなければ、そんなことしないよ。」

彼は微笑んだ。

「窓からよくおたくが見えてさ、昔のままそこにあるおじいさんの部屋の窓を見上げていると、おじいさんが生きているような気がして、僕は強くなれるんだ。昔みたいに。」

やせっぽちで、いつも祖父に体を丈夫にする心の持ち方を教えてもらっていた野村くん。早起きして祖父と海まで走っていた子どもの彼を思い出し、私も笑顔になった。

「私、おじいちゃんはやっぱりすごいと思うんだ。」

私は言った。

「だって、このこわい家のおばあさんが裏に住んでいて、ずっとおじいちゃんを手に入れようとしていたんでしょう？　それなのにあんなに穏やかに好きなことをして暮らしていたなんて。あんまりおじいちゃんが普通にしてたから、私、そのこと考えたこともなかった。ずっとおばあちゃんに恋をしていたみたいだし。そこもすごいと思うの。」

祖母は母と同じ病気になったが、母よりも深刻だった。転移して余命宣告をされても、祖父は変わらず祖母に恋をしていたそうだ。

私は祖母が亡くなってからやってきた子だが、思い出の中の祖父は毎日お仏壇の祖母の写真に話しかけてお花をあげていた。あの優しい声を思うと私まで優しい気持ちになる。

だから、祖母がいなくても家からは祖母の気配が消えていなかった。

「それはなあ、裏にそんな人が住んでること、おじいさんは本気で忘れてたんだと思う。」

野村くんはなぜかひとしきり大笑いしてそう答えた。

「そういうところがいちばん尊敬していたところなんだ。」

おじいちゃんのことを話すとき、野村くんの声は一段とよく響き、表情はいつでも輝いていた。

「裏のビルが解体してるな。きっとすっきりする。」

起きてきた父が肋骨をさすりながらいきなりそう言った。

もうあまり痛そうではない、その回復していくようすに生き物のすごさを感じた。

数日前までは動くたびに顔をしかめていたのだ。

時間が流れている、全く変わらないような毎日だけれど、確実に何かが動いている。

「野村くんが取り壊しの判断をしたらしい。今日からうちに泊まるって。固辞したんだけれど、ちゃんと有料でなくちゃいやだって。」

「そうか、彼は……いつでも正直な子だったよな。あの子がこの村に来ると決めたなら、ほんとうに来るんだろう。」

父は言った。

「よくおじいちゃんと章夫と野村くんと、山を下りて唐揚げ食べに行ったなあ。」

「ああ、今はもうたたんじゃったあの唐揚げ屋さん。」

私は答えた。

剣道をしたり、山菜摘みをしたり、だんろの薪《まき》を割ったり、祖父と亡くなった章夫おじさんと父と野村くんは、よく男同士でひたすらに体を動かし鍛える時間を過ごしていた。そして仕事が終わると連れ立って海辺の町の商店街の唐揚げ屋に行って買い食いをしてくるのだった。

私が覚えているのは、

「もうすぐ夕ご飯なのに、唐揚げ食べちゃうんだね。」

と少し困った顔で、でも基本的にはどうでもいいという感じで家の男たちふたりを送り出す若き母の横顔の鷹揚《おうよう》さが好きだったことと、夕暮れの商店街に向かって意気揚々と山を下りて行く彼らの後ろ姿だった。

彼らは今にも手をつないでスキップしそうな雰囲気だった。空にはきれいな鱗状《うろこじょう》の雲がピンク色に広がっていて、この世の中には悲しいことなどなにもないし、このような楽しいときは永遠に続くというような力強さがあった。きっとあの時間は彼らの人生の中でもかなり良きものだったのだろうと確信できる。

亡くなった章夫おじさんにもそんな時間がたくさんあったことを、よかったと思う。

山盛り食べてしまって晩ご飯が食べられないわけでもなく、彼らは缶ビールやジュースを一缶飲みながら、いろいろな部位がミックスされて揚げられた大袋の唐揚げを分け合っておつまみにし、ゆっくりと海を散歩して夕日が沈むと帰ってきていただけだった。

そして祖父や章夫おじさんがいなくなってから唐揚げ屋がなくなるまで、父はひとりで、あるいは私や母を伴って、たまに同じことをした。

「あんなすばらしい人と身内になり、同じ時間を過ごすことができたことへの感謝の散歩なんだ。それから同じことをすることで、章夫をしのんでいることを章夫に伝えられる気がするんだ。」

といつも言っていた。

そんなときは私も言い知れない安心感に包まれていたので、父の気持ちはよくわかった。

海を見ながら時間を決めずにぼんやりと鶏を食べてビールを飲んでいるといつのまにか日が暮れていく。

空が暗くなって空気が冷たくなったらどちらからともなく立ち上がる。

自然が次の動きを決めてくれる、そのことが好きだった。

私たちはその同じ動きをすることで祖父や章夫おじさんと一体になったような気が

した。これこそが人間のくりかえして来た歴史なのだと思った。

そんなだいじなことを確信するためにその小さな散歩はあったのだが、今は商店街もさびれて唐揚げ屋さんもなくなった。

「おじいちゃんはあの丘の上で唐揚げを食べるのが好きだったんだよね。」

父が言った。

「そうか、じゃあ今日は唐揚げにしようか、おじいちゃんをしのんで。」

私はレシピノートを閉じた。

母のフィッシュ&チップスのレシピを必死でおさらいしていたが、唐揚げだったらもう悩まなくてよかったのでちょっとほっとした。

フィッシュ&チップスはどんなにその通りに作っても決して母と同じ味にはならないが、あの唐揚げならなんとか再現できる。生ビールのタンクは午後に配達されてくるし、ついでに油も注文していた。新たな人を迎える準備をするのはあまり変わったことのない暮らしの中でいつでも楽しいことだった。

そんなささいなことの全てに、私の歴史が、存在の意味がつまっていた。

準備するたびに歴史が重なって美しい地層を作るのだ。それは生まれつき存在の意味が保証されていなかったからこそ、実感できるものでもあった。

「野村くん、今夜から来るの？」

父は言った。私は答えた。

「うん、そう言ってた。」

「裏を壊してるせいか、ほこりっぽくてしかたないな。霧に混じって、変な空気が漂ってくる。」

父は言った。

「さっき、裏にいるのを見かけたけど…彼は、そうとう参っているね。」

「そう？ 前と変わらず明るくてなんでも口に出す子だけれど。」

私は言った。

「いや、あれはそうとう弱っているね。弱っているからふるさとに戻って来たんだと思う。だから優しく迎えてあげよう。」

そんなことに気づく父の静かな優しさが好きだった。

昔祖父と人間と動物について話したことがある。

私は思春期の乙女らしく、ただひとりの人と添い遂げた祖父に淡い憧れや尊敬を抱いていた。

「ねえ、おばあちゃんが死んでしまったら、もうだれかを好きになったりしないの？」

祖父は言った。

「なあ幹、おまえは、犬や猫は特定のだれかを思ったりすると思うか？　他の犬や猫を。」

私はしばし考え、答えた。

「たとえば同じ家にいて子どもをつくったりした同族が死んで、ものすごく淋しく思ったりすることはあると思うけど…。そのあと思い続けるかどうかは、どうなんだろう。人間はそういうことがあると思うけれど。おじいちゃんみたいに。」

「それは違うんだ、俺は犬や猫と話してみたことがある。犬や猫はたとえば目の前に異性がいたら、ためらいなく子どもを作る。だから何も考えていないように見える。でもそれだけじゃないんだ。そういう本能とは別に、彼らは特別好きだった飼い主や仲間をいつまでも、むしろ人間以上にしっかりと心に抱いているんだ。」

「そうなんだ、悪いことしちゃった。誤解していた。」

私は言った。

祖父が亡くなったあと最後の老猫が死ぬまで、うちには必ず犬や猫がいた。

「それと同じで、俺だっていつでも異性を求めているよ。

目の前にすべてを忘れてしまうような美しい人がやってきたらためらいなくやると思う。

そして、いつだってそんなことがあるといいなと思ってる。男だからな。

でも、それはおばあちゃんが家の中を歩いている後ろ姿を、ものすごくいい気持ちで見ていたときの気持ちとは決して比べることができない違うものなんだ。人間の感覚は信じられないくらい広くて、理屈では矛盾しているようだけれど、神様の法の下ではちゃんと筋が通ってる。

自分は一個の細胞だと思えれば、そのときの動きは自然の法の中にあるはずなんだ。

理屈の通るところに自分を押し込めるように人をさせたのはいつでも為政者だし、理屈なんかじゃないと言って欲望の赴くままに動くのはバカだ。

どっちも欲望を自分の法にしているぶん、俺にはごうまんに見える。

でね、それに関しては動物だってみんないっしょなんだ。いつまでだっていちばん好きな人を心に抱いたり、夢に見たり、思い出したりするんだ。自分の中にいるその人の面影は、その人であり、ある意味ではその人ではない。自分の一部、自分のいちばん良き部分なんだ。」

野村くんがだれかを愛して亡くしたことと、野村くんの能天気なところは矛盾していない、確かに私はそう思った。

弱っている、もう海外で暮らすのにも疲れた。だからいちばん尊敬していた人との思い出がある故郷の町に暮らそう…、そんな能天気さがいつでも彼をまっすぐに導いていたのを思い出した。

学校はつまらない、行くのよそう。家族は目の前にいない、じゃあ頼れない。いちばん尊敬しているのは大平のおじいさんだ、じゃあとにかくそばに行こう。彼はそういうシンプルな考えを持ち、そこになにがなんでも道を作ってしまう人だった。

そんなことを思った。

いつもならすがすがしく窓を開けている時刻だが、父は窓を少ししか開けていなかった。たしかにいつもは感じない不快で湿ったかびくさい匂《にお》いがかすかにしていた。

あれだけの古い家を壊したなら、閉じ込められていたいろいろなものが漂ってくるのは当然だろう、もう少しの辛抱だと私は思った。

湿った霧は庭の芝生を濡らす。こんな朝は洗濯物も干せない。

それがこの村の朝なのだとわかっていた。

それでも好きだった、うっすら霧が満ちる曇った朝の神秘的な雰囲気が。

山を下りて海辺に行けば、まるで南国のようなからりとした陽ざしに接することができるのだが、標高の違いは気候や人格に影響を与える。

昼になって陽が射せば、この湿った気持ちはうそのように去っていくことを知っていた。晴れ晴れとした山の景色が人々の心を広げ、きらめくじゅうたんのようにはるかに続いて行く海も見えるようになる、虹もかかる。

「霧が出ると紅茶がおいしいよね、まるで映画の中のイギリスみたいで。お茶いれるね。」

そう言ってわき水をくもうと家を出たら、また石にこつんとぶつかった。

この石は、となりの敷地から来ているんだ、私はそう思った。

さっき、野村くんにあいさつに行ったとき、壊れかけたビルの土台あたりからたくさん出てきていた茶色い丸石と、その石は同じものだった。

だれが運んでいるのだろう、まさか野村くんが？

ありえないとは思っても、人の心の中にはそういう闇《やみ》がひそんでいることがあるということも私はじゅうじゅう承知していた。

だとしたら、いったいなんのために？

私は入り口の防犯カメラの向きをしっかりと玄関タイルの方に変えた。はっきりすればどんなことでもこわくなくなるからだ。


「懐かしい、泣けてくるほど懐かしい、この味。」

野村くんはうちの宿に併設している小さなパブのカウンターの中で、私が揚げた唐揚げをほんとうに泣きそうな顔で食べていた。

野村くんをしっかり観察しようと思っていた私は拍子抜けした。この人はそういううそをつける人じゃない。だとしたらだれが石を？とずっと考えていた。

「確かにこりゃ、あの味だ。」

父が言った。

「あしたの朝、母さんにも持っていってあげてよ。」

父だって当時に比べたら白髪が増え、すっかりおじいさんになった。

少年みたいに唐揚げ散歩に出かけていた彼らの時も確かに流れていた。

「あしたの朝は朝で揚げて病院に差し入れで持っていくから、ここにある分はみんな食べていいよ。ギネスのおかわりはいかがですか？」

なにぶんお客さんが来たのが久しぶりなので、週末以外にパブを開けたのも久しぶりだった。日本人はピルスナーを好むが、この夜が涼しく空気がしっとりとした村では、スタウトやペールエールのほうがおいしく感じるように思う。夜になると潮の香りもあまり届かず、まるで高原の村のように涼しくなるからだ。

「いつから裏に住むんだい？」

父は野村くんに聞いた。

「今は家を壊している段階ですが、更地になったら基礎を作って僕のあこがれ、ジオデシックドームのキットを組み立ててもらって住もうと思っています。」

野村くんは言った。

「バックミンスター・フラーのジオデシックドーム？　だったら床面積が目一杯にな

るんじゃない？　面白いなあ、建てるとき手伝わせてよ。」

父は言った。

「もちろんです。いつでもいらしてください。目一杯まではないのですが、今のままの庭面積ではむりなので、来週には庭木を植え替えたり減らしたり、手を入れてもらいます。ドームの床面積と土台の正確な見積もりが出たら基礎の工事が始まります。地元の知り合いや向こうでできた友だちに安く頼んでいるので、時間はかかると思います。またしょっちゅうここにもお世話になると思います。よろしくお願いします。」

野村くんは言った。

「若い人が来るのは嬉しいよ。」

父は言った。

「おじさん、うさぎについてこの辺でなにか言い伝えはありますか？」

野村くんがたずね、私はどきっとした。

父は眉間にしわを寄せて考えていた。

父は考えだすとしばらく黙るくせがある。

私は野村くんに、

「これは歓迎の気持ちをこめて店からのおごりです。」

とハーフパイントのギネスビールを出した。

「ここにいると、外の闇の感じといいほんとうにイギリスの田舎にいるみたいだ。」

野村くんは言った。

「幹ちゃんはイギリスに行ったことないの？」

「恥ずかしながら、ないのよ。」

私は言った。

「B&Bをやってるなら絶対行くべきだよ。そのことできっとますますここを好きになるよ。」

野村くんは笑った。

「なんだかその意見、すごく新鮮に胸に入ってきた。」

私は言った。なにかがずずっと動いたような、そんな瞬間だった。

そんな私の気も知らず、野村くんは続けた。

「闇の向こうからなにかがやってきそうな、地面からなにかが出てきそうな、夜が生きているような、この気持ちが懐かしい。この村にいるときは、いつも夜を神聖なものと思っていたし、夜がこわかった。ここを離れてからはその気持ちをすっかり忘れていた。」

野村くんの両親は仕事で当時からしょっちゅうアメリカにいたので、野村くんはその間おばあちゃんと二人で暮らしたり、今もステイしている海辺の親戚の家にいたりした。

唐揚げを食べに行く後ろ姿が楽しそうだったのは、その頃の彼が淋しかったせいもあるのだろう。

「そう言えば、」

父が言った。

「おじいちゃんにここを小さいイギリスにするから、鈴木さんちの農場のはじっこにストーンヘンジを作れって言われたことがあって、章夫といっしょに一ヶ月かけて作ったことがあるんだけれど。」

「ああ、あそこ。私子どもの頃大好きだった。作っているときも覚えている。ママと毎日お弁当を持っていったよね。丘からも季節によってはかすかに見えるんだよね。」

私は言った。父は続けた。

「鈴木さんちの農場があるかぎりはあると思うよ。イギリスと同じ感じの案内板まで作って、観光客を連れて行ったりした。だから幹は、ほんとうに、ほんもののストーンヘンジを見てくるといいと思うな。」

「ほんもののストーンヘンジも、そんなてきとうな理由で作られたんでしょうかね。」

野村くんは言った。

「人の営みっていうのは、たいていそんなものだろう。」

父は笑った。父がそんなふうに笑うのを見たのも久しぶりで、きっと彼は男友達に飢えていたんだろうと思った。

出不精でなかなか家から出ない父は、パブに来る近所のおじさんたちくらいにしか接していなかったしそれなりに楽しそうにしていたが、いつも石や植物のことばかり考えているからあまり話が合いそうになかった。

「年に一回くらいメンテナンスに行くんだよ。土台がずれてないか、石が欠けていないか、安全性に問題はないか。もう野村くんがあっちにとうに行ってしまって、おじいちゃんが亡くなって、章夫もいなかったから……何年前くらいなんだろう。なぜか石の後ろに小さな罠が仕掛けられていたから、農場主に断ってから撤去したことがあった。でも彼らは仕掛けてないと言っていた。別にうさぎに荒らされたりもしていないから、おかしいなって。」

「罠？」

野村くんは言った。

「あの小さな罠で捕れるのは猫とうさぎくらいしかいないから。うさぎを捕っている人がいたんだろうと思う。思い当たるのはそのくらいだ。」

「わかった、そのうさぎが、捕られたからくやしくて人間を呪ってるんじゃないですか？」

野村くんが無邪気に言ったその言葉に、なぜか私はぞっとした。これ以上知りたくないという気持ちにさえなってきた。

「表の空気を吸ってくるね。揚げ物しすぎて油の匂いに疲れちゃった。」

そう言って、私は玄関と同じメーカーに特注で作らせたというイギリスカントリー風の重いパブの扉を開け、外に出た。

空気は冷たくきれいで、おそろしい数の星が夜空にまみれるようににじんでいた。どこからか乾いた木のような甘い匂いが漂ってきた。夜の空気はすばらしい香りをたくさんふくんでいる。人間の生活から出たものではない、自然が放出している一日のふくよかな後味。

胸いっぱいに吸い込むと、肺がすっきりするような、星のかけらを飲み込んだような、さわやかな感覚が満ちてくる。

ママがこの家にいないのは、旅行以外では初めてのことだった。

いつかここでこんなふうにひとりになるときが来る、ひとりで空を見上げるのだろう。そう思ったら星がにじんだ。

もともと完全にひとりだった私なので、それは覚悟できた。

でも、そのときにも野村くんが裏の家にいてくれたらな、と思うと突然に気持ちが弱くなった。私に子どもがいなくて、野村くんが結婚して子どもがたくさんいたら、いいおばちゃんになってあずかって面倒を見てあげてもいい、下の町の学校に車で送り迎えだってしてしてあげる。だからずっとこの村にいてほしい、そう思った。

「なんだか話を聞いてると、夢の中の話みたい。裏の家がもうないなんて。急にうちのあたりで空気がいろいろ動いている感じがするから、そういうプロに対策を聞いてみようか。」

　母はもぐもぐと唐揚げを食べながら言った。

　唐揚げを持って病院に行ったら、母は日一日とよくなっていっていて、夜に感じた不安はその光で吹き飛んだ。

「そういうプロって…なにをしている人なの？」

「白魔女のお店だって。」

　平然と母は言った。

「いいよ、これ以上ややこしくなってもいやだし。」

　私は言った。

「ところでだれ？　その知り合いって。」

「おじいちゃんのお葬式に来ていたでしょ、グラストンベリーの、昔おじいちゃんが先代のときにバイトしてたところ。うちと姉妹B&Bの先代の息子さんの奥さん。日本人なんだよね。」

「ええ？　お葬式に来てくれたイギリス人の中年のシーン夫妻？　あの奥さん、魔女なの？」

そのときは祖父が亡くなって目の前が真っ暗だったから、あんまりちゃんとしたもてなしもできなかった。薄手の美しい色のセーターを着た青い目のご主人と妖精みたいな不思議なニットの服を着た長い黒髪の奥さんはずっともの静かに祖父の死を嘆いていた。彼らはうちに泊まってから初めての京都に行くと去っていった。目が合うといつでもにこっと微笑んでくれた。

彼らが庭先を歩いていると奇妙に風景にしっくりきて、そこがイギリスのように見えたのを覚えている。イギリスの朝ご飯だといって豆やトマトを煮てくれたり、母のフィッシュ&チップスを本物だとすごくほめてくれたり、とてものどかなよい人たちでとても魔術的な人たちには見えなかった。

「特に奥さんのほうが魔法とかハーブだとか、そういう勉強をしてたって聞いたけど。」

母は淡々と言った。

「ねえ、うちってなんでそんなにあやしい人がたくさん周りにいるの？」

私は言った。

「おじいちゃんが長くイギリスのニューエイジのメッカみたいなところにいたし、おじいちゃん自体がちょっと変な引き寄せ力のある人だったし。だからこそ人生後半は家族と山の上で静かに暮らしていたんじゃないのかしら。あと、磁場じゃない？　あの神聖な丘からやってくる不思議な気配が村を覆っているからじゃない？」

母は言った。唐揚げをもぐもぐ食べながら。そうしていると元気に見えて、骨折していないのではとさえ思えてきた。

「あの丘にだれが眠っているかいろんな説があるけれど、いずれにしてもきっと偉大な人だったんだと思うわ。だから私たちは畏敬の念を持ちながら、あの村で暮らしているのよ。あそこではよいことも悪いことも不思議なことも増幅されるように思うな。ここであの村のことを思うと、全部夢だったみたいな、妙な気持ちになるのよ。あんな村ほんとうにあるのかな、みたいな気持ち。変わった場所なのね、きっと。」

あっさりとそう片づけた母のさっぱりした感じに感心した。

そうやってただ目の前のことを受け入れて歩んできた母の人生は、平凡なようでそうではないと思うのだ。母は笑いながら続けた。

「…ところで、ビールがない唐揚げって魅力が半減ね。でも、あなた、これよくできているわ。あの懐かしいお店の味とおんなじ。たれにあまり長くつけこまないんでしよ？　あと衣がとても薄いよね。」

「わかってくれる？」

私は嬉しかった。

「うん、ほとんど同じ味がする。懐かしいね。あの頃はまだおじいちゃんと章夫がいたんだね。」

母は言った。

「みんなで唐揚げ屋に行くってはしゃいでいたのが、男衆っぽくてかわいらしかったのを覚えてる。」

「今、野村くんが来ていて、パパは嬉しそう。章夫おじさんがいたときみたい。」

私は言った。

「ねえ、野村くんが本気で仕事をしたかったら、あの村に帰ってくると思う？」

母はしんみりと言った。

「思わない。だって、商売にならないもの、あの場所では。」

私は母の発言に驚いた。まさにそう思っていたからこそ、野村くんはあまり長くはいないのではないかと内心、ほんとうにはあてにできなかったのだ。楽しければ楽しいほど、少し切なかったのだ。

「じゃあ、なんだろう。」

私は言った。

「多分、仕事がどうであれあの村に住もうとしているんだと思う。もしも今はなにかほんとうにがっくりすることがあって来たのだとしても、彼は自分の原点に戻ろうとしているんだから。拠点は外国にあっても、あの村に住もうとしていると思うの。故郷への貢献で一応土地を買って家を建てて別荘にするとかではなくって。」

母は言った。

「じゃあ、過疎化からたった一歩の進展かな。」

私は笑った。母は言った。

「昔、おじいちゃんがあそこにB&Bを作ったとき、村に新しい流れができたのよ。もちろん私たちもみな派手なことは嫌いだから展開はひっそりとゆっくりとしていたかったけれど、何もしないでほんとうに全く流れがなくなったらすたれてしまうからね。あのときみたいに、少しだけでもにぎやかになることの始まりで、いいのかもしれないね。」

「私も、気持ちがぼんやりと低めに沈んでいる期間が長すぎたかもしれない。」

私は言った。いつのまにか、ただ毎日を過ごすだけで生きていた自分に、なにかが開けてきそうなのにびっくりした。希望とか、新しい行動とか、見たことのない未来とか、そういったものの気配が満ちはじめていた。

「立て続けにおじいちゃんと章夫おじさんがいなくなって、がーんとなったままで今日まで来てしまったような気がする。」

「それこそが、裏の家の呪いだったのかもしれないね。」

母は言った。

「大事な人たちを失ったすきに、活気を吸い取られたのかもしれない、裏の家の邪気に。」

「なにかが始まらないと気づけなかったのかもしれないね。」

私は微笑んだ。

「人生は、いろんな時期があるよ。だからこの足も、また少し違う流れが始まる前の厄《やく》落としなんだって、思うようにする。」

母は言った。

元気になってほしかったから、うさぎのことは言わなかった。

家に帰ると、野村くんがステイしている玄関脇の部屋に人の気配はなかった。もしかしてと思って父のアトリエに行ってみた。

そこではすばらしい光景がくりひろげられていた。

父が微笑んで、野村くんのいれたらしいコーヒーを飲みながら、野村くんと話をしているのだった。野村くんは肋骨を折った父にはできない作業を手伝っていた。混乱した棚の上からものを降ろし、ぞうきんで拭いたり、床の上の本を分類し。

その光景を見て、私は章夫おじさんを思い出した。

こんなふうに父がアトリエで人と過ごすのを見るのは久しぶりだった。

父は人に気をつかって無理をして優しくしたり明るくふるまったりすることが決してできない人だ。気に入らない人はなんだかんだ言ってアトリエからすぐ出してしまう。

だから彼が微笑んでいるということは、ほんとうに今の状態をいいと思っているときなのだ。まだ知りたい、この人と話していたい、父の瞳には純粋なそんな喜びがあふれていた。

ふたりの間には男同士の気のおけない、どこまでもふたりで自転車に乗って行ってそのまま知らない町で迷ってしまいそうな、子どもみたいな雰囲気と勢いがあった。

ここは声をかけちゃいけないところだな、と思って私はそっと後ずさった。

野村くんは突然にやってきた天使だと思った。

気にかかってもやもやしていた裏の家をすっきりさせてくれて、そばに住んでくれて、家族も幸せにしてくれる。滞っていたB&Bの仕事にも少し活気を与えてくれた。

それなのに、新しいことにとても混乱している自分に気づいた。

どこかおっくうでもあったし、自分がここまで停滞しているとは知らなかった。毎日手足を動かしているから大丈夫だと勝手に思っていたら、いつのまにか背中が固まっていた、そんな感じだった。

「混乱することはない、流れに乗るんだ。違うことをしてしまわないように。」

頭の中の祖父がそう言った。

「そのつど考えて、肚《はら》に聞いてみなさい、景色をよく見て、目を遠くまで動かして、深呼吸しなさい。そして、もしもやもやしていなかったらその自分を信じろ。もやもやしたら、もやもやしていても進むかどうか考えてみなさい。そんなもの、どこからでも巻き返せる。」

そんなようなことを言葉ではなく祖父は伝えてきた気がした。

全て私の心の中の祖父だけれど、納得できることを言っていたからその感じは祖父と私の共作だと思って納得することにした。真実はどこにあるかどうか祖父に聞くことができないからわからないけれど、その面影が前を向いているなら、淋しそうでないなら、それは私にとって良きことだとわかるのだ。

もともと私は祖父ではないから、祖父の気持ちはほんとうにはわからない。

そんなことを考えていると、この世にはつまり自分しかいないんだな、とわかる。自分が死ぬとき全てが消える。

しかし私を知っている人の間では私はまだいる。それはつまりは私の顔をしたその人のかけらなのだが、それでいいのだと思う。

みなが反射しあって、あるいはアメーバのようにつながったり離れたりのびたりくっついたりして、なぜか同時に存在していることの不思議を思えば、野村くんがうちにいることとくらいなんでもないと思えてきた。

あぶないあぶない、もう少しで頭に、考えだけの動きに乗っ取られるところだった。

「ありがとう、おじいちゃん。」

天に向かってつぶやいた。

昔の人は常に少し前の先祖にいろいろ教わって、こうやって確認して歩んでいたのだろうな、と思いながら。


翌朝のそうじのとき、置いてあった新しい石にけつまずいた。

今だと思い、例の防犯カメラの映像を私は管理室で巻き戻してみた。

こんな村にセキュリティは必要なのか？とだれもが言ったが、祖父が「たまにイギリスから趣味の貧乏旅をする富豪も泊まりにくるし、これを見てると経営に大切ないろんなことが見えてくるし、ついてるだけで防犯っぽいからかっこいい」と言って、東京から取り寄せてつけてしまったものだった。

結局はじめのうちだけしょっちゅう映像を見て、あとは電源も入れていなかったのだが、こんなときには確かに役にたつ。

あるいは祖父は裏のおばあさんが過激な行動に出ることを想定してつけたのかもし

れない。そう思うと祖父が家族を思う気持ちがいじらしかった。

録画したものを再生すると、そこにはちょっと考えられない人物が映っていた。私が昔から心の中で「丸太おばさん」と呼んでいる、村ではなじみのめんどうくさいおばさんがいる。

おかっぱでめがねをかけていて、なんとなくツイン・ピークスの丸太おばさんに似ていたからそういうあだ名をつけたのだが、道でだれにでもどうでもいいこと（家の前を通るなとか、車から泥がはねたとか、話し声がうるさいとか）でぶつぶつと小さな声でいちゃもんをつけてくる雰囲気がよく似ていた。

でも、丸太おばさんは別にうちに文句のターゲットを定めているわけではないし、たいていは丘の下あたりの自宅の近くをうろうろしているだけで、こちらまで歩いてくるのを見たことはなかったし、意図を持って行動しているところを見たこともなかった。

しかし、カメラの映像の中には明らかに丸太おばさんが映っていたのだった。

明け方のまだ暗い道を遠くからぶつぶつ言いながらやってきて、胸の前で丸い形になっている手のひらにはしっかりと石を持っていて、うちの玄関の前に立ち、なにかぶつぶつ言いながらそっと石を置いて去っていった。

「なんで？　なんでこの人なの？」

私は声に出して言ってしまった。

そして少しでも野村くんを疑った自分を恥ずかしく思った。

「なにがなんでなの？」

そう言いながら突然に野村くんが入ってきたので私はびっくりした。

彼はいつも突然にちょうどいいところにやってくる。それも幼い頃からの修業の成果なのかもしれないと思った。

「なにそれ、もしかしたらそれで僕のすばらしい行動を見張ってたの？　かわいい寝姿を眺めたり？　いやだなあ、独身の欲求不満の女って。」

「うちはそんな宿じゃありませんし、各部屋にカメラはついてません！」

私は言い、石の話をして映像を見せた。

「うわあ、このおばさん、僕がいた頃からいたけど…しっかりおばあさんになってきてて、切ないなあ。人生はほんとうに有限なんだなあ。浦島太郎みたいな気持ちだよ。」

関係ない感想を野村くんがのんきに言いだしたので、それにも驚いた。

おばさんは、確かにもうおばあさんになっていた。昔と変わらないベージュのすりきれたブラウスに、四季を通じてほとんど変わらない茶のスカート、くるぶしまでの白いソックス。薄汚れたスニーカー。

ぶつぶつとなにかを言いながらいつのまにか歳を取ってしまったその人を、いつのまにか単なる風景のように思っていた。牛や羊のようにそこにいるものとして受け流していた。人間がそんなふうになってしまうなんて不思議だ。

緑を背景にうろうろと歩く丸太おばさんは、確かにこの村の一部なのだ。好きになることもわかりあうこともないかもしれないが、いつかいなくなってしまう。そうしたらなにかが風景から欠ける。

なんてたくさんのものを私たちは受け入れ、目の中に映しているんだろう。映すだけできっと記憶して、貯蔵して、湖みたいにどんどん澄んでいく。

「なんでうちの土地からわざわざ石を持ってくるんだろう？」

野村くんは言った。私は答えた。

「全くわからない。」

野村くんはきっぱりと言った。

「会いに行ってみようよ、直接聞いてみよう。」

「そんなこと、こんな小さな村でしたくない。」

私はびっくりして言った。

「でもさ、すっきりするかも。」

野村くんは言った。私は答えた。

「話が通じるかしら。」

「やってみよう。」

野村くんはそう言って立ち上がった。

「ついでに久しぶりに丘に登ってみたい。」

「じゃあ、水筒持って行く。」

私はあわてて冷蔵庫に走り、つめたいお茶を水筒に移し替えた。

そして野村くんの軽自動車に乗り込んだ。

行動することに伴うすがすがしい気持ちと共に。

丘までは山道を十分、晴れていると若い緑がいっぱいで気持ちのよいドライブだった。

「ねえ、幹ちゃん、いつ僕の妻に会ったの？」

野村くんは言った。

「野村くんの奥さんは、ボーダーのTシャツを着て、髪の毛があんまりなくって、ちょっと弱々しい子鹿ちゃんみたいなかわいい目をしていて、そして野村くんのことを高い声で『野村さん』って呼んでいた？」

ひとつひとつを思い出しながら、私は言った。

野村くんも彼女のひとつひとつを思い出したのか、みるみるうちに目がうるんでいった。

「そうだよ、いつ会ったの？　毛がないってことは、病気になってからだね？」

涙をにじませて、彼は言った。

「いや、夢の中で会ったの。」

私は言った。

「なにそれ、すげえ、幹ちゃん、そんな力があったんだ。」

野村くんは言った。

「おじいちゃんの孫だもん、血はつながってないけど。」

私は笑った。

「ある意味イレギュラーな方法で、あんなものすごい家族にたどりついたことが実の孫よりも絶対すごいよ。」

野村くんも笑った。

「ひとつでも脇道にそれたら、落ちてしまう。そういう道だったよ、私の道は。」

私は言った。

「脇道があることを、よく見ていなくてはいけない。目をそらしたら、甘えてしまう。でも、脇道がどんなに汚れていて、どぶみたいで、臭くて、でも甘くて楽で人のせいにできるかっていうのは、いつでもじっと見てきたよ。」

「そうだろうなあ…、だから早くから大人になれたんだろうね。」

野村くんは言った。

「どうせ小学生みたいですけれどね。」

私は笑った。野村くんはたずねた。

「ねえ、なんて言ってたの、妻は。」

「とにかく野村くんにぞっこんだったみたいだよ。ただただ感謝してた。結婚できたことに。」

私は言った。

「そうかあ。いいなあ、なんだよ。彼女は僕の夢にはめったに出てきてくれないのになあ。」

野村くんは黙った。思い出のひとつひとつがそれぞれ語りだしそうにぎっしりつまった、とても悲しく美しい沈黙だった。

私も黙った。こんなときに空や緑は会話のかわりに心を満たしてくれる。

そのきれいな色や光が車の中にまで満ちて、天国の道を走っているようだった。

目の前に丘が見えてきたので、下の小さな駐車スペースに車を停めた。

その丘にどんな人が眠っているのか、父や母の言うように記録は残されていなかった。私も高校生のとき図書館で熱心に調べたのだ。丘が大きいからきっとえらい人だったのだろう、くらいの知識しか年配の人たちも持っていなかった。もとは横穴があったと言われていたし埴輪《はにわ》が出たという噂もあったが、だれも実際に見たことはなく、村の資料館にも副葬品の現物はなく、学者も特に興味を持たず発掘も進んでいないので、ようするに今はただの丘だった。

祖父は帰国した当時、この丘が聖杯の埋まっているとされているチャリスの丘によく似ていることから、B&Bをやろうとひらめいたと言っていた。

それから今の形になるまではあっという間だった。祖父も若く、家族は増えていくときで、村には土地が余っていたからだ。

下から見上げると大きく見える丘だけれど、登り始めたら十分もしないでてっぺんにつく。側面に作られたただただ曲がりくねった小道をひたすら登って行くと、ちょっとした見晴らし台にたどり着く、たったそれだけの場所なのだが、多くの人が犬の散歩や夕陽の見物になんとなく来てしまう、村いちばんの見晴らしのいい場所だった。

風が強いときは吹き飛ばされそうなくらい歩きにくいところだったが、おだやかな日ならちょうどいい運動になる。

「なんかここって、きれいな音楽が鳴ってるみたいないいところだよね。よくおじいさんと登った。こういうところを景色を見ながらひとつひとつ散歩することで、足も鍛えられていったんだと思う。あの頃の僕はひきこもりで村の地図さえ知らなかったし、景色に興味なんてなかった。自分の内側ばっかり見ていた。でも外を見るようになったら、外が助けてくれたんだ。はじめは景色なんか見ないで、おじいさんの様子ばかり見ていた。何を教えてくれるか、期待ばかりして、また内側にこもっていった。でも、だんだん変わってきたんだ。いつのまにか朝靴をはくのが楽しくなっていた。気分が悪くても空がきれいだとまあいいやと思ったり、家の庭の花や、山を下りて見る海が毎日違う様子なのを見てたらいつのまにか泣けてきてすっきりしたり、精神が疲れていても歩いたら勝手に体が眠くなってくれたり。」

野村くんは懐かしそうに言った。

「私よりもずっと、おじいちゃんの近くにいたんだものね、野村くん。」

私は微笑んだ。野村くんも笑った。

「焼きもち？」

「ううん、おじいちゃんは嬉しかったんだと思う。慕ってくれた野村くんがしだいに強くなっていったことが。この世にあんな素直な子はいない、っていつも野村くんをほめていたもの。」

私は言った。

「あの人が亡くなったなんて信じられないよ。丘も海も全くおんなじようにここにあるのに。きっとここに生えている草の種類さえ変わっていないのに。」

野村くんは言った。

一気にどんどん登ったので、私たちは多少息があがっていて、話しながら整えていった。

冷たいお茶を飲みながら、草の中にひっそり立っている東屋の中のベンチに座り、海を見下ろした。海は宝石箱のようにきらめいて遠くの岬がかすんで見えた。

自分の心臓の音がどきどきと聞こえた。

春の陽ざしはじりじりと日焼けしそうに強かった。

少し下に広がる小さな牧場の丘の草はまだ新しい黄緑色で、牛や馬や羊がのんびりと草を食べているところがぽつりぽつりと緑についた水玉みたいに見えた。

はるかに連なる濃い緑は光にさらされて海と同じように続いていた。全ての光が海に続いて下っていくすばらしい色彩の連なり。

「嬉しいなあ、戻ってこられて。大人になるってすばらしいことだね。仕事をして、したいことさえしぼりこめていたら、叶えることができる。」

野村くんは言った。

「ほんとうね、私も早く学校を卒業して一刻も早く一日中家の手伝いをしたかった珍しい子だった。今は堂々とそれができるだけで幸せ。宿題とか気にしなくていいし、勉強も英語だけでいいし。まあ同級生はみんな出ていっちゃったけど。」

私は言った。

「幹ちゃんはえらいよ。捨てられたせいにしないで、ちゃんと生きてきている。神様はずっとそれを見ていたに違いないさ。こんないいところはないよ。海の幸も山の幸もあり、ひっそりと丘に守られていて。」

野村くんはしみじみと言った。

すてきな外国にずっといたのに、変な人だと私は思った。

日々の暮らしに深く満足しながらも、私は日本から出たことがなかったので国外に住むことに強い憧れを持っていたのだ。

「ずっといるから、私もそこまでには思ってないけれどね。でも、野村くんが来て外の目でここを歩いてくれるから、私も新鮮な気持ちでこの村の良さを味わうことができていて、今少し楽しいんだ。大人になってはじめてこんなに楽しいかも。ママはやがて退院してくるし、野村くんが来たから毎日に変化ができたし、野村くんのおかげで新しいお客さんも増えるかもしれないし。しばらくのんびりしていたから少し変化がほしかったのにも初めて気づいた。ありがとうね。」

私は言った。野村くんは言った。

「いやいや、急に帰ってきて、うとまれなくてほんとうによかった。」

ハイジとペーターのように、私たちは東屋の中でひっそり話していた。

「うちの妻は、大人になることの良さを最後まで楽しめなかったけれど、僕は楽しいことのほうが多い。」

野村くんはぽつりと言った。

「事情は知らないけれど、野村くんがいたことは、彼女にとって人生でいちばん嬉しかったことだと思うよ。」

私は言った。

「そんないいもんでもないのにさ、ばっかだなあ、あいつ。」

野村くんは言った。

その言い方に深い愛情を感じて、嬉しく思った。

夢の中の彼女に大きな声で叫んで伝えたかった。

生きてよかったんですよ、出会ってよかったんです、だって野村くん、あなたを失ってそうとう弱ってますから、きっとあなたが思う以上に野村くんはあなたを愛していたんです、と。

丘に登るといろんなことが見えてくる、と祖父はよく言っていた。

見晴らしがいいところにいると、自分の心もようも見えてくるんだ、と。

そして亡くなったおばあちゃんも近くに来る気がするから、よくここに登るんだ、と言っていた。

祖父は祖母を東京からほとんどかけおちのようにさらってきたらしい。それもとても不思議な話で、あるとき祖父は友だちに会う用事があって東京に行って、でもなぜか約束をした友だちは日にちを勘違いしていて予定がなくなってしまい、ぶらぶらしていたら目の前で信号待ちをしている祖母にひとめぼれして、すぐ食事に誘って、その夜おでんを食べている間にもうプロポーズしていたそうだ。祖母とはすぐに心が通じ合って、お互いの胸のうちが見えるようだった、ふたりでよくこの丘に登って空を見ていたと祖父は言っていた。

今となっては、祖父や父の人を弔《とむら》う気持ちがわかる気がした。丘に登ったり、唐揚げを食べたり、当時と同じことをすると思い出の分、ひとつ幸せになるように思えたのだ。

「人を亡くしたあとならではの幸せっていうのもあるよね、まだそこに至ってない？」

私は言った。

「なに？　妻に関して？　今はまだ実感できないけど……ここに来て、幹ちゃんやおじさんやおばさんを見ていたら、そういうのが少しわかる気がしてきた。もっとみんなしょんぼりして、勢いを失って、お祭りのあとみたいに暮らしていると思ったら、けっこうみんな自分のペースで生き生きと暮らしているから。こちらも励まされたよ。」

野村くんは言った。私は続けた。

「思い出は気持ちよく発酵して空気の中に満ちているし、つらい期間の痛みは消えているし、あとの人生はもう白紙だし、みたいな気軽な感じ、私はおじいちゃんから学んだの。おばあちゃんが亡くなっておじいちゃんだってそうとう参っていたと思うんだけれど、私がものごころつく頃にはね、もうすてきななにかがおじいちゃんには宿っていたの。余生の楽しみとでもいうのかなあ、わずらいがないし、おばあちゃんはいつも近くにいるというような感じ。

当時、私はそれを理解できなかったんだけれど、おじいちゃんや章夫おじさんがいなくなって淋しい期間が過ぎた今頃になって、すごく自由を感じる。豊かなものがあるのよ。どうしてだかわからないんだけれど、失くせば失くすほど、もう一方でふくらんでいくものもあるのかもしれない。でないと計算が合わないよね。」

「計算って、なんの計算だよ。人生のかよ。」

野村くんは笑った。

「そう、だって悲しい一方のことなんてあるはずがないもの。よく見ればなにかが用意されているはずよ。」

私は言った。

「野村くんにそういう気持ちがやってくること、私は祈ってる。」

「ありがとう。」

野村くんは言った。ひそやかな声で、まるで確かな約束のように。

丸太おばさんの家の付近に行ってみたら、案の定、丸太おばさんは彼女の家のまわりをうろうろしていた。いつもそうなのだった。

なにかをぶつぶつ言いながら、歩き回っている。その様子が決してハッピーそうではないので、彼女を見るとみんなものがなしい気持ちになる。村や町はそういう人を必ず内包しているものだ。みんなの心の中にもあるものが表に出ているように、自分の悲しい一部として。

丸太おばさんは息子夫婦の家の裏に住んでいるので決してひとりではないし、面倒もちゃんと見てもらっている。お嫁さんの運転で遠くの町の病院にも通い、安定剤ももらっている。だから不幸ではないはずなんだけれど、とにかく昔からいつでもアンハッピーな顔をしているのだ。

丘を下りながら、私は野村くんに丸太おばさんが石を置く話の続きをしていた。その石の様子について。

別にじゃまというほどでもないし、大きな石でもないけれど、いつも置いてあって気味が悪く、なんとなく悪意を感じると。

野村くんは、

「やはり動機を知るべきだよ。」

と言ったので、私は、

「いや、ことをすぐに荒立てる気持ちはないのよ。ようすだけ見ましょう。あと、私を見てどう反応するか知りたいし。」

と答えた。

しかし、牧場の柵の前をうろうろしていた丸太おばさんに、野村くんはいきなりたずねた。

「宿の玄関の前に石を置かれるととても困るのですが、なんでそんなことをしているのですか？　ここからあそこまでは決して近くないのに。」

そのいきなりさに私はびっくりしたが、後の祭りだった。

そういえば野村くんはこういう人だった、と思い出しながら。奥さんはよくこんな感じの人と結婚したなあ…と尊敬の念をおぼえながら。

丸太おばさんは怯《おび》えたような目で、私と野村くんを見つめた。彼女にいくらあいさつをしてもこの怯えたようなまなざしが返ってくるだけだったから、あいさつをするのをいつしかやめてしまったことを思い出した。

よく見たら、野村くんの言う通りにおばさんというよりももうおばあさんに近い年齢になっていて、服も髪型も変わらないのにいつのまにか口の周りにしわができている彼女の人生を切なく思った。うちに石でも置かなければ何の接点もない、同じ村に住んで近い空の下にいるだけのおばさんなのに、私の一生の中の一場面にいつでも彼女はいたということがなんとも不思議だった。こういうことって裏の家の邪気といっしょで、慣れているうちにいつのまにか降り積もっていくのだろうか、と思いながら。

丸太おばさんは口の中でもごもごなにかを言った。野村くんは「ん？」と耳を近づけた。もごもご言いながら丸太おばさんは背を向けて、ふらふらと歩き去った。

「追わないで。」

私は野村くんにはっきりと言った。

「多分、もう石を置きには来ないと思うから。」

「おかしなことを言ってたよ。」

野村くんは戻ってきて言った。

「なんて？」

「だってどうしてもって毎晩頼まれたから、って。夢の中でお金を受けとっちゃったからしかたないって、何回も何回もつぶやいていた。」

だれに？と思ったけれど、わかりようもなかった。ただ、あの石は裏のビルのあたりから、野村くんが買ったあの土地から来ているようだったのは確かだ。でもあそこは野村くんのいないときは無人なはずだった。私はぞっとした。

牧場の牛や馬がちらりちらりとこちらを見ていた。肉牛はいない、馬も特に立派なものはいない。ほとんどが観光用の牧場だった。小さな売店とさびれたレストランがあるのだ。母はいつもこの牧場に牛乳を買いにくる。山羊《やぎ》のミルクで作ったチーズもある。

「山羊のチーズ、買って帰ろう。」

私は言った。わからないけれど全てがどこか一点を指している、もちろん裏の家の変化に関係がある。

その気持ち悪さを振り払うように。今はまだ振り払っていたい、とらわれるように考えてもまだ届かない、そんな感じがした。逃げるのではなく力をためていたかった。

その夜明けに、おかしな夢を見た。

取り壊されたはずの裏のビルが夜の霧の中にひっそり建っている。

私はそれを見てがっかりする。なくなったと思ったのに、あんなにしっかりとまだ建っている、なくなったと思ったのは夢だったのか、と思う。

黒い渦がもやもやとわいてきて、その渦はどんどん霧に混じって村に流れ出ていく。黒い渦は郵便局の四つ辻や牧場や緑豊かな丘やきれいな水がわく井戸のほうへとまんべんなく広がって行き、あちこちで少しずつ空気に吸収されるように消えていく。

そしてこの村を降りる頃にはその濃厚な黒さはすっかり消えている。

神聖な人の遺物がこのように村を守っているし、神聖でないものは神聖なものがあるからこそ、その影に息づいていられるのだと私ははっきりと理解する。

場面は変わって、私は見知らぬ病院にいた。

母が入院している病院ではなく、もっとおかしな雰囲気の病院だった。真っ白で、殺風景で、冷たい感じの内装で、とにかくフロア全体がだだっ広い。

それなのに人があまりいなくて、がらんとしていた。

足首にほうたいを巻いている私は、ひとり廊下をうろうろしている。

いろいろな人が廊下を歩いているが、どうも様子がおかしい。ぶつぶつとしゃべっている人、壁に向かって何回も手を叩く人、首をゆっくり回している人、ただぼうっと立っている人…おかしいな、これは違う病棟だ、私は外科の病棟に入院しているはずなのにな、と私は思った。

看護師さんを捜そうと思ってうろうろと歩いていると、廊下の向こうの方から、すごく太って肉が垂れ下がったおじさんが、ぴょんぴょんはねながらやってくるのが見えた。

そのようすはあまり気持ちのよいものではなく、私はぞっとした。

顔中にほうたいを巻いて、脚にもほうたいがぐるぐる巻いてあるのに、なぜかすごい高さではねているのだった。

天井まで届きそうなくらいはねながら、にやにや笑ってこちらに突進してくる。

びっくりしてはっと目覚めると、まだ夜明けだった。

私は薄やみの中でしばしぼんやりとした。

思わず窓の下を見下ろすと、うっそうと木や草は茂っているが、あのビルはもうなかった。少しほっとした。

私は起きだして、紅茶をいれた。

あたたかいものを飲みたかった。

こんな古い村だから、百年前にもこの時間帯に曇った窓ガラスの向こうに明けゆく空を見ている人がきっといたのだと思えた。夜明けのこの村は、太古の時代と時間が混じっているような濃密な気配がある。

熱い紅茶をいれて飲みながら、古いソファに座って空を見上げた。この村は、わき水の澄んだ味がする紅茶を飲みながら曇りガラスを見つめるのがなんて似合う場所なのだろう、と思った。

祖父がこの霧の中にイギリスの風景を見たのがわかる気がした。

まだ見ぬその姉妹B&Bがあるグラストンベリーに私も行ってみたい、と初めて心から思った。

家族といるのがいちばん好きでこの村をなるべく出たくない私が、そんなことを思うこと自体、とても珍しいことだった。変化が始まっているのを感じた。心のどこかに重くのしかかっていた裏の家の気配が消えたことがいちばん大きかった。

そして「今の夢はなんだったんだろう」とあらためて私は思った。湿った暗いもやが心を覆っていた。

そんな気持ちを少し明るくするように、朝一番の便でグラストンベリーの姉妹B&Bのご夫妻から小包が届いた。

母が病院からメールを書いてくれたらしかった。

人生の広さについて考えざるをえないような、遠いけれどずっとつながっている強い縁を感じずにはいられなかった。その小包がとってもすてきなものだったからだ。

ピンクの紙と透明な紙で二重にくるまれてリボンがかけられたその中からは、いい香りのするお香やキャンドル、魔法使いの絵が描かれたルームスプレーや、母の足に塗ってあげるための心地良さそうなバームや、乾燥のハーブ類やエッセンシャルオイル、妖精の小さなフィギュアや、きれいなクリスタルたちや、シーン家の庭に咲いていた紫色の小さなすみれのドライフラワーや美しいパッケージのおいしそうなお茶やオーガニックのシリアルが夢みたいにどっさり出てきた。

私はうっとりしてしまい、しばらくテーブルの上に置いてそれらをただ眺めていた。

ハーブの種類はパセリとセージとローズマリーとタイム…あ、スカボローフェアにつながった、と私は微笑んだ。流れがあるところには必ずある偶然の光が射してきた。

中に入っていた封筒から手紙が出てきて、

「淑子さんに頼まれた浄化の品々をプレゼントします。みなさん、いつでもこちらに遊びに来てください。楽しみにしています。」

と乙女のようなかわいい字で書いてあった。

そのB&Bの一階ではそんな白魔女グッズと自然食を扱うかわいいお店をやっていると母が言っていた。そのお店がグラストンベリーの目抜き通りであるハイストリートにあり、送られてきたようなきれいなものたちがウィンドウに飾られているようすを私は空想した。

そんな場所とうちのB&Bがつながっていることを、私は長い間すっかり忘れていた。祖父がいなくなったら交流がなくなった気さえしていた。

しかしその包みを解いたと同時に魔法がとけて時間が流れ出したかのように、また新しい場所や世界やその気分が動き出した。

そこには祖父が好きだったチャリスの丘や、不思議な水のわく井戸や、アーサー王とグィネヴィア王女の眠る簡素な墓がある荘厳な教会や、不思議なものばかり売っているお店が連なる目抜き通りがあるという。家族のアルバムには若き日の彼らがいろいろな時期にそういうすばらしい場所で笑っている姿があった。

母が退院したらいっしょに行ってみよう、と決めた。

野村くんがいるのはほんとうにありがたい。出不精の父が留守番することになっても、野村くんがいればなにかと様子を見てもらえる。

急にやってきた自由な可能性に私はまだまだとまどっていたけれど、私がじっとじっと家にいた時期ずっとこのことが準備されていたような気もした。たったひとつの小包が外国から送られてきて、母がいないから私がきっとお返事やお礼のものを送って…それだけで道がひらけるわけだ。

よし、近いうちにイギリスの肌寒いほんものの霧の中で硬水でいれた紅茶を必ず飲もう、と私は思い、心を温めた。

それが実現するとき私はその町に立ち、今朝のこの時を思い出して笑顔になるだろう。

その小さな夢は母のいない不安と淋しさを紛らわせた。

丘に至る道の近所に、私が妖精の道と呼んでいる並木道がある。

木の影からひょいっと妖精が出てきそうなきらきらした木漏《こも》れ日がまぶしい道なのだ。

そこを通っているといろんなものに話しかけられたような温かい気持ちになる。

父がストーンヘンジを作るように頼まれたのはその先の小さな広場、あたりでもいちばん豊かな鈴木さんという地主さんが営んでいる農場の一角だった。

父は無口なだけによくものごとを見ているので多少の勘があり、植物がいちばんよく育つ場所や、彫刻を置いていちばん生き生きとする場所をかぎわける。

その場所はまさにそういう場所だった。

小さな柵をあけると、ほとんど無人のその場所に小さなストーンヘンジがある。

清らかで明るいたたずまいに私はほっとする。

人の腰ほどの高さの石が円形に不器用に並んでいるだけの場所なのだが、父がちゃんと考えて石を置いていることがそこに長くいると感じられるのだ。

父のすばらしいセンスを反映して、東方位のひとつだけがなぜか大きな薄い色のアメジストだった。それがとってもかわいくて、お天気のよい日には私はよくそこに寄りかかってお弁当を食べる。そしてお礼に小さい野草の花束を置いて行く。来る途中に摘んだたんぽぽだとか、シロツメクサだとかをリボンで結んで、アメジストに捧《ささ》げて帰るのだ。そうするとまるで神社にお参りをしたかのようにすっきりした気持ちで帰れる。

その日は野村くんもついてきた。

私が作った丸いおむすびと、ウインナーと、きゅうりの浅漬けを分け合って食べた。

野村くんはリュックからコーヒーセットを出していれてくれた。ちゃんとコンロとパーコレーターを使って。持ってきた豆を小さいミルでひいて。

「藤岡弘、じゃないからさすがにここで焙煎《ばいせん》からはやらないけどさ。サンフランシスコってとにかくコーヒーがおいしい町で、すっかりコーヒー党になっちゃったんだよね。」

と野村くんは笑った。

ポコポコとお湯のわく音が自然の音ととけあってきれいだった。

鳥の声だけが高く響いているその空間では、どうしても言葉少なくなる。父の気持ちがよくわかる。空間の音を聴くには人間の声はうるさすぎるのだ。

「あれから、石、置かれてる？」

野村くんは小さな声で言った。

「大丈夫みたい。会いに行ったのが効いたかな。ありがとうね。」

私は言った。

「工事、まだなの？」

野村くんは答えた。

「あさって。あさってついにあそこは更地になる。大きな桜の木を一本だけ残して、枯れ木も枯れ草もみんな取って、地面だけになる。その後基礎の工事が始まるのを見届けて、僕はいったんふもとに戻って、ドームのキットや作る友だちたちといっしょに来月来る。また泊めてもらえる？」

「ちゃくちゃくと進んでいるわね。」

私は言った。

「基礎の工事職人さんに、お茶とお菓子を出しておくよ。ふもとからわざわざ来るんでしょ？」

「ありがとう、僕ももちろん毎日のように様子を見に来るし。」

野村くんは言った。

ものごとも時間もちゃんと進んでいる、それに安心した。

はだしになって足を草に投げ出して、ぽかぽかする太陽の光にあてていた。強い力が入ってくるような、透明な陽ざしだった。

「幹ちゃん、もしかしたら水虫なの？　日光で治療しようとしてる？」

野村くんは言った。

「違うわよ。」

気分をこわされて私はむっとした。

外でごはんを食べると、塩分も味もふだんよりもずっと体にしみてくる感じがする。霧の中で飲む紅茶がしみてくるのと同じだ。

いつもそのときにしみてくるものを食べていればきっと健康でいられるんだ、そう思った。

「その紫の石だけなんで透明なの？」

野村くんは言った。

「しゃれてるね。」

「アメジストなの。丸っこいのを探すのに苦労したってパパが言ってた。北海道から山梨まで探したって。」

　私は言った。

「じゃあ、多分山梨でこのふさわしい石が見つかったんだね。」

　野村くんは言った。

「そうなのよ。」

　私はお弁当を包んでいた白い布でアメジストを磨いた。

　雨、風、光にさらされてアメジストは少しくぐもった色になりながらも、奥のほうでは野性的に光っていた。

「この石に光が当たってあったかくなってるところにほっぺたを寄せていると、なんか幸せになるのよ。」

　私は言った。

「へえ。」

　野村くんは言った。

「おじいちゃんが死んだときも、おじさんが死んだときも、ここでそうやってたくさん過ごした。」

私の涙が石をつたって温まっていったのを覚えている。

「ハイジみたいな生活だね。そして、幹ちゃんはほんとうにこの村の子なんだね。」

野村くんは感心したように言った。私はうなずいた。

「よそのことはなんにも知らないけど、ここのこういう小さいことなら、たくさん知ってる。」

「それがほんとうの歴史っていうものなのかもしれないね。」

野村くんが言った。

「歴史の本には載らない、人々の個々の歴史。」

「夕方になると、ここの夕暮れの光は強いから、みんなの顔も家の壁も羊もみんなピンク色になるのね。そういうのを見るのも好き。」

私は言った。言っているだけで嬉しくなった。何回見ても飽きることはない、その光景を思って。

「下の町からだと丘も山もピンクに見えるよ。」

野村くんは言った。

「このへんの景色は、ほんとうに世界遺産並みだ。」

私は言った。

「私、ここが好きで好きでしかたないの。一生ここにいたい。」

その声は風に乗って、村をなぐさめて海へと帰っていった。

私は私が村でどんなふうに言われてるか知っている。

別に嫌われてはいないし、どちらかというと好かれていると思う。

でも、悪気はなくともみんな思っている。

「あの子は捨て子、変わった子、似てない子。

いつもにこにこしているけれど、いつまでも子どもみたいでバカみたいな子。

やたらに村をうろうろしていて、いろんなものをじっと見ている底知れなくて気味悪い子。調子よくいろんな人としゃべって、浮ついていて、上滑り、心の中にちっとも静かで確かなものを持ってない。いつもほんとうの気持ちを隠していて気が許せない。心の中ではきっと自分たちを見下しているに違いない。いつもふらふらしてそのことで尊敬されたり嫌われたりしていた変なおじいさんに血もつながってないのにそっくりだ。

おじいさんに気に入られて、おじいさんの言うなりの両親にも受け入れられて、捨て子のくせにちゃっかり家のあとをついで、うまくしたもんだね。あんなふうに生きていけたらいいけど、人生はもっとたいへんなものなんだから。あんなふうに生きられるはずがない。いつかひどいしっぺ返しがくるに違いないよ。」

そんなことがよぎってしまうのが人間というものだからしかたない。

いちいち誤解を解く気もない。

花のベッドで寝ころんでひるねしているように生きるのは楽なことではないけれど、それを選んだからには、周りにいくらそう思われてもしかたがない。

わかる人にはわかるし、わからない人にはわからなくていい。人が一生をかけて本気で成そうとしていることなのだから、かんたんにわかられても困るのだ。

しかし自然というものは、ミミズから大海まで、霧から太陽の光まで、草むらから大木まで、ちっともそんなつまらないことを思っていない。

私が自然を見れば、同じ分だけの力で自然も私を見る。

見てくれてありがとう、ほめてくれてありがとう、明日も来てくれよ…そんな感じしか返ってこない。私がだれにも恥じない真心を持っていることも、静かな熱いものを大事にしていることも、だれにも言わないでこつこついろいろなことをやっていることも、全部お見通しだ。

私が恥じない心を持っているからこそ、それが私の自然を見る目に映る。

自然がにごらないで見えるときには、私もにごっていない。

その瞬間は自然に力を与える。寄せては返す波のように、その力はめぐりめぐって私に返ってくる。

この村の自然は私の力になって、私の力は村の大地に返っていく。

そのことはとなりの山にもふもとの海にも広がって影響を与えていく。

その循環こそが生きていることだと思うのだ。


「今日から工事なんだけど、頭が痛くて。夢見も最悪。」

翌朝、そう言って遅く起きてきた野村くんに、スコーンを出しながら、私は言った。

「どんな夢を見たの？」

食後には紅茶をいれようとお湯をわかしながら。

実は私もほとんど眠れなかったのだが、あえて言わなかった。

前の晩は、高山病ってこういうものなのかもしれないと思うくらいに息苦しく、うとうとするとぎゅっと胸が苦しくなってすぐに目が覚めてしまった。部屋の中の空気も重く渦巻いていて、目をこらしたら渦が見えるかもしれないとさえ感じた。どんな夢を見たか覚えていないが、驚いてはっと目覚めるようなこわくて断片的な夢をたくさん見た。目覚めては何回もため息をついた。

そんな感じで空が明るくなってきたときに少しほっとして、やっとぐっすり眠ったのだった。

野村くんが座っているのは、カウンターの向こうにたった五席の、うちの食堂兼パブだった。

朝にきれいにガラスを磨いて、キッチンもテーブルも掃除して、光に透けるほこりさえもきれいに見えていた。ここでは珍しい霧のない朝だったのに、野村くんはどんよりとしていた。

「右足が足首のところで切断されちゃう夢。なぜかあんまり血が出なくて、血が出る前に足を持ってこなくちゃ、と思うけど、動くのがこわいんだ。」

野村くんは言った。

「なにそれ、いやだ。こわい。」

私は言った。私も朝から右の足首がつって、まだ痛みが残っていたのだ。

「見知らぬ家の中でなにか罠みたいなものにはさまれてそうなっちゃうんだけど、あわてて自分は外に出ちゃったので、足首を置いてきているんだ。

それで通りかかった幹ちゃんに、足首を取ってきて、と頼むんだ。そうしたら君はすごくすごくいやな顔をして、しかたなく真っ暗なその家に入っていった。

僕が頼むから早く取ってきて、と祈るような気持ちで待っていると、しばらくして幹ちゃんはまるで汚いものをつまむみたいに僕の足首をタオルでつかんで、すごくいやそうな顔で切れた足を持ってきて、僕の足首にくっつけてくれた。」

「くっついたの？」

私はたずねた。

「そこが質問するとこなの？」

野村くんはびっくりした顔をした。

「いや、どうなったか気になるから。」

私は言った。野村くんはうなずいて続けた。

「そしたらなぜか赤い輪みたいに、足から出た血がうまく接着剤になって、くっつくんだよ。それでおじさんが車を回してくれて、今から下の町の病院に行こうって言う、そういう夢だった。こわかった。起きたらすぐ足を確かめたもん。」

足首を見ながら野村くんは言った。

「なんだかねえ。夢の中でも優しくしてあげられなくてごめんね、きっと、夢の中の私、単に足首がこわかったんだと思うよ。景気づけに甘いものでも食べて。そのジャム、ストーンヘンジの鈴木農場の野イチゴでママが作ったんだよ。」

私は微笑んだ。

「これうまいねえ、ちょうどいい酸味。病みつきになる。」

野村くんは、やっと心から笑った。顔の芯にあった妙なかたさがやっと消えた。

たとえ浄化グッズのようなものがなくても、母が心をこめて時間をかけて作ったジャムがのどを通るとき、その特別な味がいらないなにかをこそげおとしていく。

それこそが呪術なのだと私はよく思う。

「よし、元気出た。」

と言って野村くんはドアをばんと開けてふりむかずに勢いよく出ていった。

私はお皿の片づけをしながら、やっと更地になるその現場をあとで見に行こうと思った。

食堂をいったんしめて軽く掃除をした。汗をかいたので着替えようと思って自分の部屋に上がった。

下では掃除に夢中で気づかなかったけれど、朝は晴れていたのにいつのまにかどんよりとした雲が山の向こうからぐんぐんやってきて空を覆い、雨が降り始めた。しとしととゆっくり地面を湿らせる、春特有の忍び寄るようなひそかな雨がそっと村を包んでいた。

私はせめてさっぱりとした服に着替えようと思い、春の服を着た。

今日は母になにを持っていこうか、ポットに入れた温かいうどんなんてどうだろう、そうだ、小包が届いたことも言わなくては。母に見せたいからイギリスからの手紙も品も丸ごと持っていこう、などと考えて準備を始めていた。

そのとき、開け放った窓の下のほうでざわざわいう人々の声が聞こえてきた。

そうか、作業中か、そういえば重機の音がずっとしていたもんな、あれ？　なんで今はぴたりと止まっているんだろう？　と思ったが、そのざわざわいう感じが尋常ではない響きを持っている気がして、私は裏の家側の窓に寄り、窓を開けた。

そこに私が見たものは、信じられないものだった。

桜の木の下あたりに大きな穴があり、そこを人が囲んでいる。ブルドーザーがそのきわで止まっている。作業員はすでに降りていて、みなで穴の中を見ている。野村くんは穴のふちで、眉《まゆ》をひそめてぼんやりと立っていた。

「なにあれ、ひどい。」

私は言った。

あまりのショックに目がかすんでよく見えなかった。いや、見ているものを目が認めまいとしているのだと気づいた。

いつもの景色に重なっているのに、いつもとは全く違う非現実的な光景が不思議な遠近感で迫ってきていた。

そこには確かに人骨があった。

掘りかえされ濡れたまっ黒い土にまみれて白い骨がほぼ人の形に散らばっている。

そしてそのまわりには、まるで埴輪のように、小さな骨の固まりが、六体くらいある。

遺跡が見つかった現場のように見えたが、もちろんそれは遺跡ではなかった。私がここに住んでいる間にそうなっていった新しいなにかだった。

あの小さい骨は人間？　まさか人間の赤ちゃん？と思った私の中に、ひらめきが降ってきた。

「ちがう、あれ、うさぎだ。」

全てが腑に落ちた瞬間だった。

裏のおばあさんの行方不明の娘、うさぎの夢、母の骨折、丸太おばさんの石、野村くんの夢…多分、あの人は足首を切断されたのだ。実の母によって。

私はなんだかわからない涙が止まらなくなり、かばんに入れようと用意していた浄化グッズをひっつかんで野村くんの元に走った。

「あ、幹ちゃん、君見るとほっとするなあ。すごいことになっちゃったよ。これじゃあ工期、遅れるかも。」

野村くんはヘルメットをかぶった姿で淡々とそう言った。それを聞いた私はほんとうにずっこけそうになった。

「他に気にすることいっぱいあるでしょ。」

私は言った。

「あんまりびっくりすると、かえって冷静になるものなんだよね、人って。」

野村くんはまだ淡々としていた。

淡々としていることで事態を受け止めようとしているのか、あるいはほんとうに冷静な状態だったのか、それはわからなかった。ただこんなときの彼の心には深いところで祖父が寄り添っていることだけはわかった。彼を強くさせるのはいつも祖父だったからだ。そして彼の妻がそんな彼を見守っているだろうことも。

パトカーが到着し、父もその騒ぎでアトリエから出てやってきたり、数少ない近所の人もわらわらとやってきてどんどんものものしくなってきたけれど、野村くんはまだぽかんとしていた。

「これ、警察の調べるのが終わったら、あとでばらまいて。気がまぎれるかも。」

私は言った。混乱した私はアロマスプレーだの石だの、イギリスから来た浄化のグッズを丸ごと野村くんに渡した。

「あ、なんかこういうの、気弱な気持ちになった今、まさにちょっと求めてたかも。ありがとう。」

野村くんは普通に言って、まるで虫除けみたいにアロマスプレーを小雨の中自分にふきかけはじめた。いい香りがあたりに漂って、雨といっしょに土に落ちていった。ぽたり、ぽたりと雫《しずく》が落ちて、香りの渦がふんわりと巻きあがりはじめた。

「うわあ、いい匂い。」

小学生みたいに思わず笑顔になった野村くんが言った。

それで私も少し落ち着いた。

全てはもう終わったことなのだ、それが表に出ただけだ、と理解できた。

ふもとから来た警察の人たちがロープや幕を張り出し、野村くんに事情聴取をしたいと言い、私や父にも話を聞きたいと言った。そして遠くの町からもぞくぞくとパトカーが押し寄せてきていた。聞き慣れない様々な音があたりを満たし、私の耳の中で渦巻いた。

とても長い午後になりそうだった。

骨は白く、頭蓋骨《ずがいこつ》のぽかんと開いた目がこちらを見ているようで、いつまでもいつまでもそのまなざしは私の中に残っていた。

見つけてほしかったんだ、きっとそうなんだ。

いつだって常に訴えかけていたんだ、そう思った。

心細くなって、その夕方は父とふたりで母のお見舞いに行った。

母はふだんバラバラに来る私たちがいっしょに来たので驚き、話を聞いてもっと驚いていた。

「知らせたかったのかしら。」

「人を殺して、うさぎを殺して、裏のばあさんはなにをしたかったんだろう。」

父は言った。

「力がほしかったのか、愛がほしかったのか。」

その言葉は病室に空しく響いた。

そのときも、それ以前も、多分満身創痍《まんしんそうい》なときがたくさんあった私たちなのに、いつでもそうは思わないでいられたのはどうしてだったのだろう。だれのせいにもしなかったからだろうか。

「もしも、今回見つけられなかったら上に家が建ってそのまま迷宮入りになるというのが、裏のおじょうさん、くやしかったのかもしれないね。それで最後のチャンスとばかりいろいろな形で訴えかけてきたんだろうね。あの不思議な村では、不思議なことがいつでも渦巻いてるから。」

母は言った。父は答えた。

「おじょうさんっていうか、あれはおばさんだろう。」

そこが父のこだわりポイントなのは間違いなかった。私はその人を見たことがない。いつからあの人はあそこに埋まっていたのだろう。私がカーテンを閉ざしたあの窓の下に。

「殺人がないのが自慢の村だったのに。」

母は言った。

「これは珍しいことだから、またすぐに、ないときが長くなるさ。」

楽天的な声で父は言った。

そうそう、この人たちはこういう人たち、と私は思った。

「ねえ、ママ。」

私は言った。

「治ったら、シーン夫妻にお礼を言いに、いっしょにイギリスに行かない？　私、行ってみたいの。丘にも登りたいし。」

「いいわねえ。たまにはまた本場のフィッシュ&チップスを食べないと、腕もにぶるし。パパは留守番しててね。」

　母は言った。

「それをはげみに早くよくなろうっと。」

「別にいいけど。」

　父は言った。

「パパは野村くんの家作りを手伝ってあげたら。」

　私は言った。

「うん、組み立てになったら、のぞきに行くよ。」

　父は答えた。

　こんな丸い会話ができるまでに、彼らがどれだけのものを育ててきたのかを考えると気が遠くなった。どれだけの「違うこと」をしないできたか。ただそれだけのことがどんなにたいへんか。

　そう思うと、奇跡とはこんなに近くにあるのだと思わずにいられなかった。

　涙が出てきて、母に笑われた。

「旅行こう、息抜きしよう。」

母は言った。

私の目からはぼろりと涙が流れ、なに泣いてるの、大丈夫だから、みんな大丈夫だから、と母は私の手をぽんぽん叩いた。

「だって、あまりにも人生ってすごすぎる。私たちがおじいちゃんと面白おかしく暮らしていたあの同じときに、そしておじいちゃんもおじさんもいなくなって悲しいなりに身を寄せ合っていろいろなことをして幸せに過ごしているあいだに、裏ではこつこつとうさぎを殺したり、死体の足首を切ったり、埋めたりしている人がいたなんて。あんな近くなのに、なにも貢献できず、なにひとつ全く交わらなかったなんて。こわすぎる。」

私は言った。

「自分のいる地点を選べるのが人生の妙だよな。」

父が言った。

「おじいちゃんみたいなこと言うね。懐かしい。今のって、イタコみたいなの?」

母は笑った。

「違うよ、自分の意見だよ。」

父は言った。

「すぐとなりにいたって、全くわかりあえない人や同じ空間にいないような人はいるさ。それがこの世だよ。ジャングルの動物たちだってきっと同じだろ。それはほんとうにあたりまえのことなんだ。むしろ自分がなにかできたと思うほうがおごりだと思う。」

それから父と母がふつうに毎日のことをぼそぼそ話しだしたので、私は眠れなかった疲れもあって、病室の小さいソファでうたた寝してしまった。

なんだかわからないが話の流れで、あの歌なんだっけ、と言って母が父に向かって歌まで歌っていた。私はその声を聞いて、子どもの頃に戻ったように思った。

リビングのソファでよくこうしてうたた寝をして、父と母の会話が聞こえてきたものだった。特別な話ではない、なんていうことのない話。まるで波のように前に聞いたようなことをくりかえしている話、それこそが宝なのだ。

その宝を持っている人、持っているけれどまだ気づかない人、そして持っていない全ての人のために、これからも祈るように生きようと私は思っていた。

「にしても幹がずっと家にいるって決めてること、申し訳ないけどこんなときにどんなにありがたいか。」

母は言った。自分の名前が出たので私はどきっとして目を覚ました。でもそのまま寝たふりをしていた。

「昔の人ってこういう安心感の中で生きていたんだろうな。俺たちがのんびりしすぎてるのかもしれないが。俺たちもほとんど村から出てないもんなあ、居心地よくて。この世にはうまくいってない家族のほうが多いってのに。」

父は言った。

「今の時代はみんな遠くに行けちゃうからねえ。外国で結婚したり、もう戻ってこないことだって。それを思ったら、私たちが歳をとっていくのもこわくない。植物や動物みたいにあたりまえの循環の中にいるような気さえする。ほんとうに幹が来てくれてよかった。」

母は言った。

「ほんとうだよなあ、俺たち子どもに恵まれないと思って淋しがってたら、実の子どもよりもありがたい子が来てくれて、恵まれてるよなあ。」

父は言った。

「私たち、幹にそうしてほしいって強いたこと一回でもあるかなあ？　ないよね？」

母は言った。父は首を振った。

「いやあ、今から出ていきたいって言われてもぐっとこらえて許す覚悟はいつだって持ってるから。」

「恩を感じてむりしてないかな。あんなに働き者で親孝行で、私、そんなつもりで幹を連れてきたわけじゃないから、胸が痛むときがある。ほんとうに好きにやってくれていいと思ってるのに。」

母は言った。

「だいたい、なんであの子は男がいないんだ？　まさかこれまでにだれともつきあったことはないとか？」

父は言った。

「いやいや、そんなことはないわ。もっと若い頃には数人だけどつきあってたよ。最後は確か東京の人だったけど。」

母は言った。

「なんで別れたんだ。」

父は言った。

「知らないわよ。そこまでは詳しく聞かなかったもの。」

母は答えた。

「東京に行きたかったのにがまんしたのかもしれないぞ。」

父は深刻な声で言った。母は言った。

「そうだったのかもしれないね、私、淋しくても絶対反対しないのに。」

「俺も。」

父はうなずいた。母はしんみりと言った。

「でも、骨折したりすると弱気になるね。いつまで健康でいられるのかなって。」

「だったら、なるべく世話にならないように俺たち元気でいないとなあ。」

父は答えた。

「治ったら幹とグラストンベリーに行ってくるわ。昔はわりとしょっちゅう行ったのにね。おじいちゃんがいっしょに行かないと思うと淋しくて、なんだか足が遠のいたね。幹にかわいそうなことしちゃった。幹だって見聞を広めたほうがいいよね。」

母は言った。

「あの、ソールズベリーのフィッシュ&チップス屋にも連れてってやってよ。うちのレシピの元になってる有名なとこ。」

父は言った。

「そうするわ、ほんと。まずは治さなくちゃね。」

母はうなずいた。

ふたりとも大まじめにそんな会話をしていた。

恥ずかしくなってきて寝たふりをしていたけれど、違いますと言いたかった。

私はここにいられることが嬉しくて、なにかせずにはいられないんです。

そんなふうに思わないでいられる他の子たちを、うらやましく思ったことはないんです。好きでここにいるんです。

丸太おばさんが不幸せだろうが、裏の家でなにが起きていようが、それもひっくるめて自分の内面のように思えるくらい私はあの小さな村が好きなんです。

そのまままうとうとしていたら、話題のせいか若き祖父がグラストンベリーのハイストリートを歩いている姿がぼんやりと浮かんできた。ジーンズにタイダイのTシャツ、汚いサンダルを履いて、胸には革ひもに通された大きなクリスタルのペンダント。きっとここでできた彼女にでももらったのだろう。

雨上がりの真っ青な空には淡い虹がかかっていて、ショウウインドウには夕方のピンクの光がいっせいに映り、祖父は多分未来に向けて意気ようようとして楽しそうに目を細めていた。

私は彼に話しかけたくなった。

いい人生が待っています、これから大恋愛をして、ふたりの子どもができるんですよ、息子さんはそんなに長生きしないけど、みんなに好かれて楽しいときをたくさん過ごしますし、いつまでも大切に思われます。そして子孫も知り合いも友だちも近所の子どもの野村くんさえも、いつまでもあなたのことをみんな愛します。

若い彼にそう言いたかった。

その瞬間、夢の中で、まだ目がぎらぎらと生命の炎を燃やしている若い気ままな祖父は、ふと空を見上げた。

そして夢を見ている私となぜか目が合った。

祖父はにっこりと笑った。若い彼に会ったことはないのに、確かに私の知っている祖父の面影がある、懐かしい笑顔だった。

色とりどりの店が並ぶ、鮮やかな色彩のその道で、祖父はポケットに手を入れてただ立ち止まり、私を見ていた。私も感謝の気持ちを込めて微笑み返した。

どれだけお礼を言っても言いきれないって、なんて晴れ晴れとした気持ちなのだろうと思いながら。

やがて祖父はまた歩き出した。夕方のきれいな道を、確かな足取りで。

よし、私も必ずあの道を歩こう、ちょうど男衆が唐揚げ屋に通ったように、祖父と同じ道を同じ気持ちで歩いて、虹のかかった美しい夕方にあの地点できっと空を見上げよう。

そう思った。

更地になって新しく生まれ変わるはずだったとなりの土地には、幕がかかりロープでしきられたままだった。

結局一ヶ月くらいは捜査があるため工事に入れないと聞いた。

窓から見える光景がそんなものになるなんて考えたこともなかった。

古いビルが廃墟になった頃のような停滞した空気があたりには漂い、近所の人たちが捧げた花だけが幕の前につまれているのが見えた。

なんとなくやりきれなくなって、私は父の作ったストーンヘンジに歩いて行った。

珍しく人がいるのでびっくりしたら、それは野村くんだった。

野村くんはアメジストにもたれてじっと目を閉じて座っていた。

瞑想《めいそう》しているように、眠っているように。

その姿は私に祖父を思い起こさせた。

祖父のかけらが彼の中に確かに育っていた。

「こんにちは、野村くん。」

私は声をかけ、野村くんはそっと目を開けた。

宇宙のように深く、爆発するような生き生きしたきらめきがそこにはあった。私のもやもやはそれを見たらすかっと晴れた。

祖父の目の中にもいつもあったその光が懐かしかった。

祖父が見つめるとまわりの全てが祝福されたような清潔さを帯びたことを久々にリアルに思い出した。

「元気出た？　こんなに近くにいてそんな事件があったのに気づかなくて、私たちも悪かったなと思うわ。」

私は言った。野村くんは普通に答えた。

「まあ、そういうこともあるよね、歴史があれば。」

「ええ？　そんな感じなの？」

びっくりして私は言った。野村くんは続けた。

「だって、そうじゃん。別によくあることだよ。人が住めば、そこにはいろいろ起こる。」

私は言った。

「殺人はめったに起きないんじゃない？」

野村くんは答えた。

「長い目で見たら、きっとどこででも一回くらいは起きてるよ。」

「気にならないの？」

私は聞いた。

「別にならない。ちゃんと供養もして、きれいに住むし。浮かばれるんじゃない？

裏の家の娘も。」

野村くんは、心からそう思っているという感じに答えた。

「野村くん、大物だなあ。」

私は感心した。

「なんだか私までなんでもないことみたいに思えてきたよ。」

「うさぎはとばっちりで気の毒だったな。全部で十一羽も殺されてたんだよ。」

野村くんは足下の草を見ながら、ぽつりと言った。

学校ではいつでもうさぎの飼育係をしていた、有名な動物好きの野村くんだった。

私は言った。

「なんでうさぎだったんだろう。」

「なんでだろうね。頭のおかしい人の考えることはいつだって予想外にシュールだからなあ。本人の中ではすごく筋が通ってるからなんとも言いようがないよね。」

野村くんは言った。

「住んだら犬を飼うんだ。大きな黒い犬を。」

「いいね、きっと場所が活気づくよ。私も散歩手伝うよ。野村くんの見た夢、意味があったんだよ。あの骨の人、霊的にも逃げられないように、死んでから右足首を切断されたんだって。」

私は言った。私が足をつったことにも同じ訴えがひそんでいたんだ、と思いながら。

「なんてかわいそうな。そしてなんでうちに逃げてきてくれなかったんだろう？　なんでここではこんなに平和に暮らしているのに、すぐ裏でそんなおそろしい生活をしていたんだろう？　そんなことが行われている裏で、私は平和に暮らしていたなんて。ほとんど最小限しか影響を受けていないなんて。」

それでも、殺された人には申し訳ないが驚くほど気持ちが晴れていた。

確かにあったいやなもの、ずっとのしかかっていたなにか重いものがなくなったような。

それでわかった。重いものがのしかかっていても、人は内面の光を見つめていれば楽しく暮らせるということを。

「その一歩が超えられないような違う精神性を持っていたんだろうなあ、大平家の人たちは。それが最大の防御かもしれない。でも、うちにヨガの先生を泊めるときは、決してこの話をしないようにしようっと。君も黙っててよ。」

野村くんが言った。私は笑った。

「近所を歩いたら絶対に聞いちゃうと思うわ。ぜひうちに泊まっていただいて。」

「そうかあ。まいったなあ。」

野村くんは言った。

「とりあえずうさぎの形の小さい供養塔を桜のわきに置くことにして、さっきおじさんに頼んできた。」

「あら、なんだかいい感じ。いいことを思いついたね、野村くん。」

私は微笑んだ。

「これからここで生きていくんだもん。土地は清めておかないと。」

野村くんの決心はかたそうだった。

あんな突飛なことがあったら、裏に住むのをやめてしまうと万が一言いだしてもそれはしかたがないな、と思っていたのでほっとした。

祖父といた時間が野村くんにとって、いちばん輝かしいものだったのだろう。

彼の人生の時間はみなそこからスタートしているのだろうし、それに換えられるものはなかったのだろう。

そう思うと私まで誇らしく感じた。

「おばさんどう？」

野村くんが話題を変えた。私は言った。

「もうすぐリハビリに入って、再来週には退院だと思う。」

「よかった。」

と言ったあと、野村くんは思い出したように言った。

「そうそう、あのさあ、君の王子様をこのあいだ見かけたんだけど、ただの熱帯魚オタクじゃないか。彼はバスに乗るために必死で走っててさあ、最低の走り姿だったよ。運動神経がむちゃくちゃ悪そうだったなあ。あれを見たら幹ちゃんもたぶん幻滅するね。」

野村くんは言った。私は答えた。

「なによ、それ、焼きもち？　別にいいじゃない。そんなことって、なんだかかわいいじゃない。そういう意地悪い目で見てるあんたの心になにより幻滅よ。」

「あんたって言ったな、死んだ妻だっていつも僕を野村さんってさんづけで呼んでいたのに！」

野村くんもむっとして言った。

そんなのどかな会話は草を渡り、土にしみこみ、ストーンヘンジの歴史を肥やしていく。

この人生でここを訪れるのはあと何回くらいだろう。

きっとまだたくさんあるだろうけれど、有限なことには変わりがない。

そして私が死んだあとも多分この石たちは残るのだろう。いつかこの場所が裏の家のように更地になったとしても、石はどこかに飾られるか、そのへんに埋まってしまうか…でもきっと残る。

私の涙や幸せをしみこませたままでこの世のどこかに長く存在する。それが本来の石の力だ。

人間が自分勝手に動かして、けつまずいたり気づかせたりするためにあるものじゃない、と私は強く思った。

夢の中で、私はふもとの町の堤防に座っていた。

夕方近くで、だんだん薄やみが東のほうから山を覆っていく時刻だった。

少しずつ薄紙を重ねるように闇が重なっていくので、暗くなっていくのに気づけない、そんな時刻。向こうから来る人の顔がうっすらと蒼《あお》に沈んで見える。船のシルエットはだんだんと濃くなる。

私はひとりで暮れていく港の小さな明かりや、くりかえしくるりと回ってくる灯台の光をぼうっと見ていたはずだったのに、となりにはいつのまにか野村くんの奥さんがいた。

私たちは堤防に座っているはずだったけれど、そこはさすが夢、いつのまにか少し高いところから浜辺を見下ろしているような角度になっていた。お尻の下にはしっかりと堤防の冷たく固いコンクリートの感触があったけれど、さっきよりも砂浜がよく見渡せた。遠くをゆく船の明かりのつぶつぶも暗い波間にいっそう際だって見えた。

私の夢にいくらでも遊びに来て、と私は心の中で言った。

そうしたら野村くんに接することができるでしょう、いっしょに生きていこうよ、と私は思った。もう死んでいても、そこでは生きていけるもの。

野村くんの奥さんは、ふわふわの短い髪を風になびかせながら私を見てにっこり微笑んだ。

それは愛を知っている人の澄んだ微笑みだった。

後悔していない人特有の力強い静けさがあった。

その潔い雰囲気に私はひきつけられた。

「ほら、見て、海辺にはいろんな人がいる。」

野村くんの奥さんは言った。

私は海を見た。

そこには、ひたすらわかめを拾う女の子がいた。

歳のころは中学生くらい。一心不乱にわかめを集めている。根っこがついていて、大きくて、きれいなものを、思いつめたように。

背が高くて細身の色が黒いきれいな子だった。素顔で飾り気のない髪型をしているけれど、きっと大きくなったらきれいな人になるんだろうな、と私は思った。

暗がりにわかめを集めて、その上に毛布をしいて、その人は横にあったシートに寝ていた赤ちゃんをそうっと置いた。

そこでさすがに私も気づいた。

「もしかして、これを見せてくれてるの？」

「やっとわかった？」

彼女は笑った。

「あれが私の、ほんとうのお母さんなの？　まだ子どもじゃない。子どもが子どもを産んでどうする。」

私は驚いていた。もっと年上の水商売みたいな人か、不良っぽい人か、頭のおかしいような人を想像していたのだった。

「子どもだったから捨てたんじゃない？　あの人ね、親がいないみたいよ。岬をひとつ回った向こうの港町の施設から来たみたい。施設から家出して、東京で男の人と暮らして、赤ちゃんができて、産んだけどその男の人が失踪《しっそう》しちゃって、お金が全くなくて疲れて胃潰瘍《いかいよう》にもなっているからかなり弱っていて、自分で育てられなくて、施設の前に捨てようとしたけれど、子どもがあまっていて職員さんが足りないのを見てどうしてもできなくて、そのとき突然なにかがひらめいてここに捨てることにしたみたい。もしかしたら神様のお告げでもあったのかもね。なにかにとりつかれたように、確信を持ってここに捨てに来たんだ。

それでね、拾われるまでずっとずっと、闇の中でしゃがんで待っていたんだよ。もしもだれも拾ってくれなくて、赤ちゃんが泣き出したら、いったん連れて帰って、夜中に施設においてこようと思っていたみたい。そんなに大事なら、そもそも捨てなきゃいいのにね。この人は藤沢に住んでて、もちろんまだ生きてる。そのとき逃げた男の人…あなたの実のお父さんだけれど…とは別のいい人と結婚して、子どもはいないまま歳をとった。

あなたの遺伝子の上でのお父さんはもう死んでる。失踪したあと彼の地元の琵琶湖あたりの郷土料理店で働いていたけど、仕入れの軽トラを運転していて事故にあったみたい。思い切ったことはなにもできないけれど、おとなしい優しい人だったようよ。」

野村くんの奥さんは、はるかにかすむ岬を指差した。

岬の黒い影はまるで山のようにくっきりと浮かび上がっていて、たまに通る車のライトがその形をなぞるように線を描いていた。

ああ、それが世の中なんだな、と私は思った。

一寸先はほんものの闇だったり、みんながみんなそうありたいと願ったいいほうには向かえなかったり、ただただその場の状況に流されたり、思いつきで行動したり、なかったことにしたり、殺したり汚したりすることにも慣れっこになったり…信じられない大きな渦がうちの裏の家だけではなくて、一歩外に出たら渦巻いているのが人間の社会というものだ。毎日顔を合わせている人はある程度自分で選んでいるから、その外でどんな違う世界が渦巻いているかをふだん人はあまり意識しない。

でも一歩、ほんとうの意味で外に出たら、それはいつもそこにある。

私はその一歩外からこの村にやってきたのだ、とあらためて確信した。

あたりはすっかり暗くなり、中学生くらいの私のママは消えて、赤ん坊も全く見えなかった。薄闇の中に波の音だけが大きく響いている。

夢だったのかな、と夢の中でも私は思った。それでも、寝ている赤ん坊を起こさないようにふかふかのわかめのベッドにそっと置く手つきを私は覚えていた。たとえ大きな意味では優しくない行為であっても、そこには目先だけの温かさがあった。私はそれで充分だった。

そこにもまた人間のする「違うこと」の恐ろしさがあった。

赤ちゃんを産んだのに、もう目の前にいるのに、一ヶ月以上もいっしょに過ごしたのに、その前の暮らしを彼女はまだ見ていた。

前みたいに、自分の仕事をしたり、恋人とTVをのんびり観たり、飲みに行ったりしたい。前に戻りたい、だってついこのあいだまでしていた生活だし、それが楽しかったし、自分はまだ子どもを持つ年齢じゃないし、なかったことにしてしまおう、もう戻れないのにそう思ってしまう。

みんなが言う「まだ若すぎる」がどんどん積もって、自分まで狭くなってしまう。それで「違うこと」をしてしまうのだ。

私がいたらきっとお得だったよ、こんな楽しい子なのに、と私は悪態みたいなものをつぶやいた。でも、それはすぐ消えた。

「よかったあ、けっこう美人だし、いい人そうだし。幸せでいるといいと思う。私、心のどこかであの裏の家の白骨のおばさんから、自分が生まれてたらどうしようって思ってたんだ。このところの流れってなにかそういう感じだったんだもの。」

私は言った。

「信じても信じなくてもいいけど、違うよ。」

野村くんの奥さんは言った。

「裏の家のおばあさんが、そんなこと放っておくと思う？　もしも自分の娘の赤ちゃんだったら、今頃あなたもきっと殺されていたと思うよ。うさぎといっしょに埋められて小さな骨になってた。」

「それを聞いても別に気持ちが晴れはしないけど…だって結局捨てられたんだからね。なにがなんでも育てようとは思ってくれなかったんだから。でも、そのことはもうくりかえし考えすぎてすり切れるほどだから、もういいや。とにかく裏の家の子でなかったのにはほっとする。裏の家の人たちには悪いけど、ほっとした。」

私は言った。

「ねえ、あの裏のこわい人たちの霊には会えないの？　あのきれいな村に住みながら、朝陽も夕陽も霧も海も味わうことなく、自分の内側にこもってなに考えてたのか知りたいくらい、全く理解できない。あ、おじいちゃんには？」

私はわくわくして言った。

「おじいさんは、上のほうからたまにやってくるイメージがあるからいつか会えるかもしれないけど、こわい人たちは別の世界にいるから、アクセスできないかもなあ。」

彼女は淡々と言った。

「私だって、あなたといつつながれるかさえ、全く読めないもの。」

「あなたはいつも野村くんにくっついてるの？　それって飽きない？」

私は言った。

「くっついていられたらいいんだけれどねえ。でも、私のいるところには時間っていうものがないから、全部夢の中みたいな感じでね。たまに夢を通じて会いにいけることがある。」

彼女は言った。

「眠る野村くんの夢の中には、そんなふうに野村くんだけの幸せがあるんだ。それってとってもいいことだね、だれにも入れない幸せをみんな持ってる。人間ってほんとうに自由なんだねえ、そして全部がやっぱり夢みたいなんだね。私はそもそもそう思っているんだけれど、これ言うとみんなにバカにされるんだよね。私やっぱり私もおじいちゃんの直弟子だから、捨てたもんじゃないのね。ますます死ぬのがこわくなくなってきた。」

私は笑顔で言った。

「あなたってほんとうに変わってるわねえ。」

彼女はあきれたような顔で言った。

「だって今だって海がきれいじゃない。あんなにきらきらして、なんで町の灯りは星のようにまたたくのかねえ。そしてうちの村のあたりをここから見上げるとほんとうに丘と山しか見えなくて暗くって、あんな中にふだん自分がいるなんてほんとうに不思議に思う。」

「あそこは、丘と山に隠された秘密の墓守の村なんだね。」

彼女は言った。

「私たち、友だちになれたね。私、地元にもう友だちがいなくってさあ、淋しかったんだ。歳の近い女の子がほとんどいないんだもの。また遊びに来てね。」

私は言った。

「なにそれ、私はもう死んでるのに。あなたっていったいなんなの？」

彼女は笑った。

「自由なの。あなた以上にどこにでも行けるからこそ、体はきっとずっと同じ場所にいられるのね。」

私は笑った。

「でもさあ、若い男女じゃん。もし万が一、野村くんと私になにかが芽生えてさあ、いや、ないとは思うんだけど、なんといっても他に若い男もいないからね。それでチュウとかしたら、いつだってあなたが見てるし、夢で怒りにくるわけだよね。それはちょっとめんどうくさいなあ。」

夢の中ならではの率直さで私がそう言ったら、彼女は笑った。

「はじめはすごくそういうのがこわかった。死んですぐはね。でも、だんだんねえ、そういうのがなくなってくるの。薄くなってくる。それでね、植物や星を見るのと、海や空を見るのといっしょに、いいものはいいなあ、すくすくしてるものはいいなあ、ってそんなふうになってきたからね、嫉妬とかもうなくなっちゃった。ちょっとつまらないようなんだけれど、まるで景色を見るみたいに感情が動かないの。全然平気よ。どんどんやって。

はじめはね、野村さんがいつまでも私を思ってめそめそしていてくれたら気持ちいいって思ってたし、まさにそこから栄養を取ってたの。人の悲しみが死んだ私の栄養だったわけ。死んでまでまだ栄養がほしかったわけよ。ほんと、人間っていやね。

でも、だんだんさ、そういう感情がなくなって、彼が笑ってたりするとただいいなって思うようになった。ほら、朝顔とか咲くとただ嬉しいでしょ。かたつむりが道を渡っていくのを見てると、つい応援したくなるでしょう？　嫉妬とか独占欲とか、そういうのが薄まって、その程度の気持ちになってきたの。だからさ、やっぱりトータルで考えるとまんざらでもないのかもしれないね、人間って。」

彼女は笑った。私はたずねた。

「名前を教えて。」

「野村桃子。」

彼女は言った。

「そうか、桃子さんね。そして桃子さんの名字はもう一生野村なのね。」

私は言った。

「もう一生は終わったから、この名前のままでいられること、嬉しく思ってる。」

桃子さんは笑った。私は言った。桃子さんの手を握りながら。

「その名前を、夢の外まで持って帰るね。宝物みたいに大事に抱いて。夢のしっぽをぎゅっとつかんで。」

夢の中だからか、いつまでたっても風は涼しく心地よいままで、私がほんとうの意味で生まれた浜を吹き抜けていた。

桃子さんのふわふわの髪の毛が風になびくようすが夢のふちまで届いていた。手はコンクリのざらざらした感触を感じていた。

目が覚めたとき、どこにいるのか一瞬わからなかった。

私は半分ベッドから落ちかけていて、自分の部屋の床と天井がいっぺんに見えた。

そして右手にはわかめを握っていた。

そうだ、こわい夢を見そうな気がして、ちょっと不安だったからわかめを握って寝たんだった、と思い出した。

手の中でほどよくふやけたわかめを私はほほに当てた。磯《いそ》の匂いがしてきて、安心した。私はここにいる、確かに生き延びてここにいる。

わかめといっしょに持って帰ってきたあの人の名前を忘れないように何回もつぶやいた。新しい友だち、桃子、桃子。

歯を磨きながら玄関を出たら、薄い霧にまぎれた敷石に乗っていた石につまずいた。まだ丸太おばさんが来るのか？と思ってよく見たら、その石のわきには小さな花束があった。私がストーンヘンジに捧げるような野に咲く花の束に、小さいリボンがついていた。

きっと丸太おばさんは夢でこれをするように頼まれたのだろう。裏の死んだおばさんから。それは丸太おばさんの中に残っていた優しさと死んだ裏のおばさんのかすかな感謝が混じってそんなふうに形になったもの。

少しオレンジがかったその丸石と自然の中に咲くそっけない淡い色の花はよく似合っていた。

石は花ととても合うものなのだということに、私はあらためて気づいた。

それは草原の中にあるストーンヘンジの石に花を置くときに、自然といっしょに大きな絵を描いているような独特の神聖な気持ちを思い起こさせた。

私の人生の第二章が始まるのにふさわしい、よい光景だった。

今日も忙しい一日になる。庭の掃除をして、玄関のタイルを洗って、ステンドグラスを拭いて、父と野村くんの朝ご飯を作って、買い出しに行こう。午後に霧が晴れて光が差せば、いっそうあたりは春らしくなっているだろう。様々な色の花を今日も道ばたで見ることができるだろう。きっと裏の土地にもすでに草が芽吹いて悲しい事件のあとを覆い始めるだろう。自然の法は決して待ってくれない。流れる、朽ちる、生まれる。早回しにもできない。自然の時間は私たちの唯一の法だ。

私は歯を磨きながら、いつまでもその淡いピンクの花束と石のコントラストを、遠くの自然や自分の中の自然を見つめるように、愛おしく眺めていた。

なにかが大きく動くときには、いいことも悪いことも同じだけ起こる。

それはあたりまえのことだ。

静かな池の水をかきまぜたら、奥にあるものも出てくるしまわりの空気も動く。底にあったドロドロがみんな浮かんでくるし、動いた空気の中には信じられないくらい美しいものも見つけられる。それが落ち着いてまた水が澄んだ状態になったとき、池は前と全く同じ状態ではない。良くなったのでも悪くなったのでもない、ただ動いただけ。

そんなことを考えながら、世界と私はいつものようにきらきらとした目でお互いを賞賛しあい、見つめあっていた。

そうそう、こっちが見ているだけじゃない。向こうも見ているんだ。

その目はどこにあるかというと、天に大きな目が浮かんでいるっていうわけじゃない、なぜか私の中にあるのだ。

私の中にあるもうひとつの目が、世界の側にとって力を取り入れる窓なのだ。だから私がどういうふうに世界を見るかを世界は見ている。

そのことを昔の人はうまく言いようがなくて神様と呼んだんだなあ、そう思った。

だからなるべく円満に、命に賞賛をこめて、今日も一日を生きる、私はそんなことを選んだのだ。この世の隅っこにあるこの小さな村で、ちっぽけだけれど偉大なことを。

あとがき

この小説の主人公の幹ちゃんは、私が描いた人物の中でもっともかわいい人だと思う。

この小説は、私が書いてきた小説の中でもしかしたらもっとも悲しいものかもしれないと思う。

そしてもっともさりげない作品でもあり、そんなことを意図していなかったのにきらきらしたものが読後に残る気がする。

この小説こそが永く暗い闇を照らす光であってほしい。

父が亡くなって、とにかく悲しくて悲しくて、イギリスに取材に行ったけれどなにも目に入らなかった。大好きな優しい友だちたちや家族と楽しく過ごしているときも、死んでいく父の映像ばかりがくりかえし頭の中を流れていた。もう一回会いにいけばよかった、病院に泊まり込めばよかった、そんな後悔だけがぐるぐる頭の中を回っていた。

そんな私にイギリスは懐《ふところ》深く果てしなく優しかった。

私が憧れていた七十年代の文化は実はアメリカではなくイギリスにあったんだということもよくわかった。

そして帰ってきたら、もっとつらい淋しいことがたくさん待っていたので、私はイギリスが恋しいなと思った。ずっと旅していたかった、逃げていたかった。

でも私の世界は東京にある。とにかく書くことで悲しさを忘れようと思って毎日ひたすら書き続けた。

ほとんど無意識に書いたから、この小説のことはなんにも覚えていない。もはやチャネリングみたいなもので、自分の意志はなにも使っていない。

立原正秋さんのおじょうさんの幹さんが書いた、お父さんが亡くなってからの日々のことを描いたとても悲しいエッセイについて毎日よく考えたから、小説の主人公の名前は幹ちゃんにした。

一生忘れられない、小さいけれど大きな作品になった、そう思う。

根気よくつきあってくれた永上敬さん、いつも決して著者に負担をかけずに大胆な決断を下すかっこいい方です。

そして出産を経てずっとこの本を作ることを待っていてくださった健やかな心を持つ柳悠美さん。

おふたりの面影がこの小説をいっそう優しくしてくれました。ありがとうございます。

いっしょにイギリスに行って、表紙を描いてくれた大野舞ちゃん、ありがとう。

あの旅の仲間と事務所のスタッフにも感謝します。

そしてこの小説を書かせてくれた父に感謝を捧げます。

ここに出てくるおじいちゃんのようにかっこよくはない父ですが、私にとって世界一の父でした。

平成二十五年七月　　　よしもとばなな

文庫版あとがき

時間がたって、この作品の問題点もいろいろわかるようになってきたけれど、いいところはやっぱりあるなと思えたので、ほっとしました。

いろいろな人や場所の力を借りて自然に書けた作品だったと思います。謝辞はあとがきに書いたのでくりかえさないけれど、今回文庫になるにあたり、幻冬舎の石原正康さんと壷井円さんにたいへんお世話になりました。ありがとうございました。表紙の絵を新たに書き下ろしてくださった大野舞さんにも、ありがとうございます。

この作品を書いたことで、「ある意味での」引退をすることができました。

人生の前半の自分を自然に出し切ったと思うからです。

残念ながらそのことは誰にもあまりうまく伝わらなかったのですが（引退のわりに

はあちこちに顔を出しているから)、事実でありますので、この作品以降から新しい形で別の活動をしていくのを楽しみにしていてくださると嬉しいです。

2017年春　吉本ばなな

この作品は二〇一三年十一月毎日新聞社より刊行されたものです。

幻冬舎文庫

●好評既刊
スウィート・ヒアアフター
よしもとばなな

大きな自動車事故に遭い、腹に棒が刺さりながらも死の淵から生還した小夜子。惨劇にあっても消えない〝命の輝き〟と〝日常の力〟を描き、私たちの不安で苦しい心を静かに満たす、再生の物語。

●好評既刊
もしもし下北沢
よしもとばなな

父を喪い一年後、よしえは下北沢に越してきた。言いたかった言葉はもう届かず、泣いても叫んでも進んでいく日々の中、よしえに訪れる深い癒しと救済を描き切った、愛に溢れる傑作長編。

●好評既刊
まぼろしハワイ
よしもとばなな

パパが死んで三ヶ月。傷心のオハナは、義理の母でありフラダンサーのあざみとホノルル空港に降り立った。ハワイに包まれて、涙の嵐に襲われる日々が変わっていく。生命が輝き出す奇跡の物語。

●好評既刊
ゆめみるハワイ
よしもとばなな

老いた母と旅したはじめてのハワイ、小さな上達と挫折を味わうフラ、沢山の魚の命と平等に溶けあうような気持ちになる海。ハワイに恋した小説家による、生きることの歓びに包まれるエッセイ。

●好評既刊
すばらしい日々
よしもとばなな

父の脚をさすれば一瞬温かくなった感触、ぼけた母が最後まで孫と話したがったこと。老いや死に向かう流れの中にも笑顔と喜びがあった。父母との最後を過ごした〝すばらしい日々〟が胸に迫る。

幻冬舎文庫

●最新刊
聞かなかった聞かなかった
内館牧子

日本人は一体どれだけおかしくなったのか？　もはやこの国の人々は、〈終わった人〉と呼ばれてしまうのか――。日本人の心を取り戻す、言葉の処方箋。痛快エッセイ五十編。

●最新刊
ナオミとカナコ
奥田英朗

望まない職場で憂鬱な日々を送る直美。夫のDVに耐える専業主婦の加奈子。三十歳を目前にして、受け入れがたい現実に追いつめられた二人が下した究極の選択とは？　傑作犯罪サスペンス小説。

●最新刊
危険な二人
見城　徹
松浦勝人

出版界と音楽界の危険なヒットメーカーが仕事やセックス、人生について語り尽くした「過激な人生のススメ」。その場しのぎを憎んで、正面突破すれば、仕事も人生もうまくいく！

●最新刊
竜の道　昇龍篇
白川　道

50億の金を3倍に増やした竜一と竜二。兄弟の狙いは、少年期の二人を地獄に陥れた巨大企業を叩き潰すこと。バブル期の札束と欲望渦巻く傑作復讐劇。著者絶筆作にして、極上エンターテイメント。

●最新刊
ゲームセットにはまだ早い
須賀しのぶ

仕事場でも家庭でも戦力外のはみ出し者たちが、ど田舎で働きながら共に野球をするはめに。彼らは人生の逆転ホームランを放つことができるのか。かっこ悪くて愛おしい、大人たちの物語。

幻冬舎文庫

●最新刊
はらだみずき
ようこそ、バー・ピノッキオへ

白髪の無口なマスターが営む「バー・ピノッキオ」に、連日、仕事や恋愛に悩む客がやってくる。人生に迷い疲れた彼らは、店での偶然の出会いによって「幸せな記憶」を呼び醒ましていくが……。

●最新刊
益田ミリ
ちょっとそこまで旅してみよう

金沢、京都、スカイツリーは母と2人旅。八丈島、萩はひとり旅。フィンランドは女友だち3人旅。昨日まで知らなかった世界を、今日のわたしは知っている――明日出かけたくなる旅エッセイ。

●最新刊
宮下奈都
ふたつのしるし

田舎町で息をひそめて生きる優等生の遥名。周囲に貶されてばかりの落ちこぼれの温之。二人の〝ハル〟が、あの3月11日、東京で出会った。出会うべき人と出会う奇跡を描いた心ふるえる愛の物語。

●最新刊
森見登美彦
有頂天家族 二代目の帰朝

狸の名門・下鴨家の矢三郎は、天狗や人間にちょっかいばかり。ある日、空から紳士が舞い降りる。正体が知れるや、狸界に激震が。矢三郎の「阿呆の血」が騒ぐ！ 人気シリーズ『有頂天家族』第二部。

●最新刊
薬丸 岳
誓約

家族と穏やかな日々を過ごしていた男に、一通の手紙が届く。「あの男たちは刑務所から出ています」。便箋には、ただそれだけが書かれていた。送り主は誰なのか、その目的とは。長編ミステリー。

花《はな》のベッドでひるねして

よしもとばなな

平成29年4月15日　初版発行

発行人――石原正康
編集人――袖山満一子
発行所――株式会社幻冬舎
〒151-0051東京都渋谷区千駄ヶ谷4-9-7
電話　03(5411)6222(営業)
　　　03(5411)6211(編集)
　　振替00120-8-767643
印刷・製本―中央精版印刷株式会社
装丁者――高橋雅之

検印廃止
万一、落丁乱丁のある場合は送料小社負担でお取替致します。小社宛にお送り下さい。

定価はカバーに表示してあります。

幻冬舎文庫

ISBN978-4-344-42603-0　C0193　よ-2-26

幻冬舎ホームページアドレス　http://www.gentosha.co.jp/
この本に関するご意見・ご感想をメールでお寄せいただく場合は、comment@gentosha.co.jpまで。